ELSINOR
VERLAG

I0563992

Wilhelm Raabe, geboren am 8. September 1831 in Eschershausen bei Holzminden, gestorben am 15. November 1910 in Braunschweig. Nach vorzeitig beendeter Gymnasialzeit in Wolfenbüttel und abgebrochener Buchhändlerlehre in Magdeburg 1854 Hochschulstudium in Berlin (als Gasthörer). Erfolg mit dem in Berlin verfaßten ersten Roman *Die Chronik der Sperlingsgasse* (1856). Rückkehr nach Wolfenbüttel und Beginn einer Laufbahn als Berufsschriftsteller. 1862 bis 1870 in Stuttgart, dann Wechsel nach Braunschweig. Raabes umfangreiches erzählerisches Werk, das teilweise historische Stoffe aufgreift, war im 19. Jahrhundert überaus populär; die späten Romane brachen jedoch zunehmend mit der Erwartungshaltung der Leserschaft und galten vielen Zeitgenossen als zu anspruchsvoll. 1899 erklärte Raabe seine schriftstellerische Tätigkeit für beendet.

Wilhelm Raabe

Unruhige Gäste
Ein Roman aus dem Säkulum

Elsinor Verlag

Der hier vollständig und ungekürzt abgedruckte Text basiert auf
der Fassung von Wilhelm Raabe: *Sämtliche Werke,* hrsg. von Karl
Hoppe, Bd. 16, bearbeitet von Hans Oppermann, Göttingen 1970
(Braunschweiger Ausgabe). – Der 1884 verfaßte Roman erschien erst-
mals 1885, und zwar zunächst in der illustrierten Zeitschrift
Die Gartenlaube.

Bibliografische Information Der Deutschen Nationalbibliothek
Die Deutsche Nationalbibliothek verzeichnet diese Publikation in der
Deutschen Nationalbibliografie; detaillierte bibliografische Daten sind
im Internet über https://portal.d-nb.de abrufbar.

2. Auflage 2011
Elsinor Verlag e. K., Coesfeld 2007
Umschlag und Satz: Elsinor Verlag, Coesfeld
Umschlaggestaltung unter Verwendung von Caspar David Friedrich:
Der Abend (Quelle: Zenodot Verlagsgesellschaft mbH)
Printed in Germany
ISBN 978-3-939483-07-6

INHALT

Unruhige Gäste

Erstes Kapitel

Es war eigentlich ein wenig abseits der gewöhnlichen, ausgetretenen Touristenstraße durch das Gebirge, wo das Dorf lag, das auf seine Kosten aus Stangen, Rasen und Tannenrinde die Hütte oder Köte gebaut hatte, die einen und einen halben Büchsenschuß (alte Tragweite) von den letzten Häusern des Ortes am Waldrande stand. Aber ein Fuß- und Reitweg schlängelte sich doch einige fünfzig Schritte von dem kuriosen, indianerhaften Gebäude aus dem Hochforst hervor, und eine bunte Schar von Sommerreisenden – Weiblein und Männlein zu Fuß, zu Pferde und zu Esel – zog eben lustig und laut aus dem Dunkel des Waldes in die Sonne und quer über die Vierlingswiese vorbei an der Rasenhütte.

«O wie hübsch!» rief eine der jungen Damen, ihr Tier anhaltend. «Das möchte ich wirklich noch in meinem Skizzenbuche mitnehmen. Haben wir nicht so lange Zeit, Papa und ihr anderen?»

Der Papa sah bedenklich auf die Uhr und dann auf den Führer. Verschiedene der jüngeren Herren riefen:

«Selbstverständlich, Fräulein Lili! Natürlich haben wir Zeit! Eine Ewigkeit noch bis Sonnenuntergang!»

Schon hielt der eine der jungen Ritter des hübschen Mädchens ihr den Steigbügel, und der zweite bot ihr das «Skizzenbuch» dar, und der, welcher die Bleistifte zu tragen und zu spitzen hatte, war auch mit denselben zur Hand, als der Führer jeglichem künstlerischen Wunsche und Enthusiasmus und aller höflichen Dienstbereitwilligkeit in der Gesellschaft ein kurzes und etwas schreckhaftes Ende machte.

«Rate nicht dazu, mit Erlaubnis, liebe Herrschaften», sagte er. «Nervenfieber, Fleckentyphus, wie man das jetzt so heißt ... Armes Volk die Familie Fuchs; und vielleicht auch mit Ungeziefer, seit die Feh liegt. Aber der Doktor sagt, niemand kann bei der bösen Krankheit gesunder gebettet werden; nur ist's wohl dann und wann ein bißchen schlimm mit dem Räkel und seiner jungen Brut, die sonst schon niemand gern an sich kommen ließ. Da sind sie natürlich schon – wollt ihr zurück, ihr Kröten!»

Das letztere war eben an die «junge Brut» gerichtet. Ein verwildertes, zerlumptes, höchst malerisches Kinderstaffagepaar, ein Junge und ein Mädchen, zog es sich an den Weg und machte Miene, so nahe als möglich sich mit ausgestreckten schwarzbraunen Pfoten an die Gesellschaft zu drängen. Doch das Fräulein verspürte nicht die mindeste Neigung, jetzt noch Gebrauch von seinem Talent und diesen wirklich ausgezeichneten Modellen zu machen. Schon hatte es einen kleinen hübschen Schrei ausgestoßen und, statt nach dem Skizzenbuche zu greifen, den Esel mit der Gerte über die Ohren geschlagen. Der alte Herr war eiligst allen vorangeritten, ohne sich nach den nächsten und liebsten Familienangehörigen nur umzusehen. Daß die jungen Ritter nicht sämtlich nach dem Schwanz seines Gaules griffen, um rascher daran vorwärts zu gelangen, zeugte sogar nur von – Pietät. Rasch genug waren sie von den Felsblöcken, auf denen sie sich zum Teil bereits gelagert hatten, in die Höhe gekommen.

Weiter trabte alles – Herren und Damen, jung und alt; und eine wohlbeleibte ältere Dame, die, trotzdem daß sie zu Maultier war, ihres Gewichtes wegen die letzte blieb, fand grade deswegen am innigsten und richtigsten das Wort für die Gefühle der Gesamtheit und gab es ächzend von sich:

«Das ist ja aber schrecklich, so nahe am Wege! Das sollte doch nicht sein; und wenn die Polizei es duldet, so müßten die Zeitungen von so was sprechen!»

Wer jetzt ein Jubelgeschrei ausstieß, das war das Kinderpaar aus der Indianerhütte. Es war den beiden doch aus der erschreckten Schar der Fremden ein Geldstück in weitem Bogen zugeflogen, und sie hatten es eben unter den Fingerhutbüschen und im übrigen Waldwiesengraswuchs mit ihren scharfen Wildenaugen gefunden und quittierten mit kreischendem Jauchzen darüber.

Einige Augenblicke später war der letzte Schwanz des bunten Zuges von der Vierlingswiese im gegenüberliegenden Tannenwalde, wo sich der Reitpfad plötzlich ziemlich steil bergabwärts zog, verschwunden. Der romantische Fleck versank wieder in die alte Stille; und die Sonne, im Niedersteigen, lächelte weiter auf

Elend und Wohlbehagen, Gesunde und Kranke, reiche und arme Leute, wo der Erdenschatten es zuließ.

Es war ungefähr fünf Uhr nachmittags. Man hörte die Dorfglocke diese Zeit auch bald angeben hinter dem lichtdurchglänzten Gehölz zwischen der Wiese und dem Dorfe, und aus derselben Richtung kam nun eine junge Frau, oder was es war, in bescheidenen, dunkeln Kleidern, mit einem Körbchen am Arme und betrat die Wiese, wie um dem improvisierten Dorfhospital zuzuschreiten. Ihr Schatten fiel ihr vorauf und streifte einen Mann, der auch noch dagesessen hatte auf einem Stück versunkenen Zaunwerks an dem leise durch das Gras sickernden Wasserlauf, sich um die Gesellschaft und die Szene von vorhin nur mit einem unmerklichen Lächeln und Achselzucken gekümmert hatte, jetzt aber schärfer hersah und sich auch von seinem Sitz erhob.

Es war kein alter Mann, sondern so um die Dreißig herum, kein häßlicher Mann, sondern von gutem Wuchs, wohlgepflegtem Bart und mit hellen, intelligenten Augen und einem ganz freundlichen und wohlwollenden Zug um den Mund. Ein Mann auch im Touristenanzuge, doch unbedingt aus einer andern Gesellschaftssphäre als die Herrschaften von vorhin.

«Hm, Veit», murmelte er zu sich, «die könnte wohl schon zu ihm gehören! ... Nun, wissen wird sie sicherlich etwas von ihm. Versuchen wir's also!»

Mit abgezogenem Hut trat er der Kommenden entgegen.

«Nervenfieber, liebe Dame!» sagte er, auf die Hütte deutend.

«Ich weiß es – leider, lieber Herr», antwortete die junge Frau, zum Wiedergrüßen nur den Kopf neigend.

«Auch Ungeziefer – wie man sagt – gnädige Frau oder – Fräulein.»

Die Frau oder das Fräulein mit dem Korbe lächelte weder verlegen, noch warf sie einen verwunderten Blick auf den Fremden.

«Wir sind gute Bekannte dort», sagte sie ruhig, mit einem nochmaligen Neigen des Kopfes vorbeigehend durch schönes Licht und den Wohlduft von Tannenharz, Wiesenkräutern und Blumen; und so sah sie der Mann mit der Wandertasche eintreten in den schlimmsten Schatten und den bösesten Erdengeruch – sicher und gelassen.

«Hm», sagte der Fremde, seinen Sitz am Bach wieder einnehmend, «Kaiserswerth – Riehen bei Basel – Bethanien; – es ist unbedingt seine Frau. Zusammengegeben im Namen des Herrn! Schlechteste Pfarre im Lande, bösartigste Gemeinde dieses ganzen angenehmen Mittelgebirges. Was tun wir nun, Veit? Gehen wir weiter, oder warten wir, bis die gute Seele wieder zum Vorschein kommt, um uns ihr auf dem Heimwege von diesem pflichtgemäßen Samaritergange noch auf einige Momente anzuschließen? Zeit für alles bis zur nächsten Gastwirtstafel, wie die jungen Herren vorhin meinten. Nun, wir warten! Möchte dem alten Kerl, diesem Prudens, doch nicht so nahe vorüberstreifen, ohne ihm noch einmal im Leben die Tageszeit zu bieten. Was wird's freilich mehr werden als das, was Fräulein Lili eben nicht bekommen hat, – im Vorbeifahren eine Skizze im Taschenbuch.»

So saß er denn und behielt die Krankenhütte im Auge, jedenfalls als ein wirklicher Beobachter, wenn auch nicht als ein wirklich an ihrem Wohl und Wehe Beteiligter. Die Kinder, die von ihm bereits ihren Wegelagerer- und Bettlertribut erhoben hatten, waren, gelockt von der Erscheinung des jungen Weibes mit dem Korbe, auch wieder in der Köte verschwunden. Nun trat ein großer, wüster Gesell heraus, seine Pfeife ausklopfend. Das kleine Mädchen lief mit einem henkellosen irdenen Kruge nach dem zwischen bemoosten Steinblöcken vortröpfelnden Wiesenborn. Es wurde innerhalb der spitz zulaufenden Rasen- und Schindelwände im Dialekt der Gegend gesprochen, und dann wurde es eine Zeitlang ganz still; man hörte nur noch den Specht von ferne.

Die Dorfuhr hinter den Bäumen schlug nur die vollen Stunden – die Zeit lief hier meistens ja doch ungezählt hin –, aber es mußte so ungefähr gegen sechs Uhr sein, als das junge Weib, das sich nicht vor dem Fieber und den Läusen fürchtete, wieder aus der Pforte der Elendshütte und in die Sonne trat und der Fremde von dem Zaun am Wege ihr abermals entgegen.

Nun war es merkwürdig, daß sie wie zu einem alten längst Bekannten zu ihm redete, wenn auch ihre Augen dabei nicht auf ihm hafteten, sondern ruhig nach dem wolkenlosen Abendhimmel gerichtet blieben, als sie ohne die mindeste Aufgeregtheit sagte:

«Sie ist eben gestorben. Mein Bruder vermutete es schon heute morgen, daß der Herr sie bald erlösen werde; aber er mußte leider nach seinem Filial und kann erst am Abend nach Hause kommen. Doch sie hat auch mich nicht mehr gekannt, sie hatte ihr Bewußtsein schon lange nicht mehr, und es war wohl eine Gnade des Herrn. Gottes Wille geschehe allezeit!»

Sie ging nun mit demselben gelassenen Schritt, mit dem sie gekommen war, und ließ den Fremden im vollen Zweifel, ob das da eben zu ihm oder zu dem Blau über den Wipfeln der Waldbäume gesprochen worden sei. Ihr Schatten fiel jetzt hinter sie auf ihrem Heimwege, und daß der Fremde ihr folgte, schien sie nicht mehr zu beachten als das Nachgleiten ihres Schattens über die Vierlingswiese.

Zweites Kapitel

Der Wald nach dem Dorfe, nach der untergehenden Sonne zu bildete nur einen lückenhaften, lichtdurchschimmerten Vorhang zwischen der Wiese und einigen Gärten, geringern Bauerngehöften und der Kirche. Letztere leuchtete in ihrer weißen Tünche auch bald zwischen den glatten, graden Stämmen der Hochtannen durch. Der Pfad wand sich über den «alten» Gottesacker, dessen letzte versinkende Ackerbauer- und Bergmannsgräber aus dem Anfange dieses Jahrhunderts stammten, und – da war die Hecke des Pfarrgartens und die Laube mit dem Tische und den zwei Bänken auf Pfählen und der Weg durch den Garten zu der Hintertür des geistlichen Hauses – alles im Schatten der Dorfkirche.

Eine niedere Holzgittertür, schlecht in den Angeln hängend und ohne Schloß und Riegel, sperrte den Pfarrgarten nur der Form wegen, wie es schien, von den Gräbern, den Dorfgänsen und dem an der Hecke weiterlaufenden Fußsteige ab; und, die Hand auf diese Pforte legend, stand jetzt die junge Schwester – nicht Frau – des Pfarrherrn und hatte nun, ganz zuletzt, gezwungen durch die Beharrlichkeit ihres Begleiters, doch noch ein Wort und dazu einen Blick, einen trotz aller kühlen, klaren

Ruhe ein wenig fragenden Blick, an den hartnäckigen Menschen zu wenden.

«Wenn Sie die Landstraße wieder zu erreichen wünschen, müssen Sie sich an der Kirchenecke dort rechts halten. Der Weg weiter ins Dorf und zum Gasthause wendet sich links. Ich wünsche einen glücklichen Abend, mein Herr.»

«Ich auch, Fräulein», murmelte der Tourist leise. Laut meinte er lächelnd: «Ich hätte wohl auch aus dem Quell auf jener Wiese mit der Hand schöpfen können; aber ein Glas Brunnenwasser hier aus mildtätiger Hand wäre mir doch lieber als ein Trunk dort, in Anbetracht der Hände und Füße, die dort gewaschen wurden, ganz abgesehen von der Wäsche, die neben dem Born zum Trocknen auf der Leine hing.»

Die junge Dame sah einen Augenblick wie erschreckt auf ihre Hände und dann zögernd auf den Fremden. Dann aber sagte sie:

«Ich verkehrte bei den armen Leuten dort. Sie kennen die Gefahr – wollen Sie eintreten bei uns, so bitte ich, sich zu setzen und wenige Augenblicke Geduld zu haben, mein Herr.»

Sie hatte die Gittertür geöffnet und deutete auf eine der Bänke in der Laube; der hartnäckige Fremde sagte:

«Ich weiß, liebes Fräulein. Wer um derartige Schatten auf seinen Wegen zu scheu herumgeht, geht nicht weit; und ich bin in allerlei Ländern der Erde gewesen und habe mir manche gute Erfahrung in Leben, Wissenschaft und Kunst mitgebracht, nur weil ich mir nach Möglichkeit eines mutigen Herzens bewußt blieb.»

Sie sah ihn jetzt zum erstenmal mit wirklichem Interesse und einiger Verwunderung an. Ein Lächeln, das seinen Quell auch nur in einem im tiefsten Grunde heiter-mutigen Herzen haben konnte, überflog ihr ernsthaftes Gesicht; doch ohne weitere Bemerkung schlüpfte sie ins Haus, nachdem sie nur durch eine Handbewegung von neuem zum Niedersitzen eingeladen hatte. Und der Gast legte Hut, Stock und Tasche ab und nahm Platz auf einer der Bänke an dem abgenutzten Tische, der schon mehr als einem der Vorgänger des jetzigen geistlichen Herrn und seiner Familie treu bei Lust und Leid, Behagen und Unbehagen gedient haben mochte.

«Ich wünsche einen glücklichen Abend!» wiederholte er. «Hm, drunten im Bad, im Saisonkonzert? Halten wir diesen ruhigen Platz jedenfalls für einige Augenblicke fest, Veit. Hm, wie deutlich einem die Uhr dort im Turm die Zeit zuzählt.»

Man vernahm wirklich von der Laube aus in der tiefen Spätnachmittagsstille deutlich das Geräusch der Unruhe im Kirchturm jenseits der alten Gräber. Die einzige sichtbare Lebendigkeit brachten nur die Schwalben, die in leisem Fluge das spitze Schieferdach und den Wetterhahn umflitichten, in das friedliche Bild der Stunde.

Der Fremde hatte aber in der Tat eine geraume Zeit auf seinen Trunk zu warten; denn völlig umgekleidet trat das Pfarrfräulein wieder aus dem Hause, auf einem Teller das gewünschte Glas klaren Wassers tragend. Sie ging so leicht und leise, daß der flüchtige Gast diesmal ihr Herankommen durchaus nicht merkte, sondern aus seinem Sinnen fast erschrocken auffuhr, als sie mit freundlicher Stimme ihn anredete:

«Mein Herr – ich bitte.»

«Den schönsten Dank! Darf ich im Sitzen trinken?»

Statt einer Antwort nahm sie, nach ihrer Art das Haupt neigend, selber ihm gegenüber Platz.

«Es geschieht wohl selten, daß sich Ihnen die Welt so aufdrängt, mein Fräulein?» fragte er.

Sie schien alles, was sie sagte, erst genau zu überlegen. Er mochte erwarten, daß sie erwidere: die Welt, aus der Sie kommen, wohl selten. Sie aber sagte:

«Wir verschließen unsere Tür nicht. Kommt die Welt nicht zu uns, gehen wir zu ihr.»

«Wie zu der Hütte jenseits der Tannen auf der Vierlingswiese? Wir fürchten uns nicht vor bösen Gebärden, schlechten Gedanken und schlimmen Worten, wie wir keine Furcht haben vor der Ansteckung durch den Flecktyphus!?»

«Wir suchen unsere Furcht zu unterdrücken. Der Herr ist immer über uns und hat Geduld mit uns und schenkt uns ein heiteres Herz, wenn wir an einer Schwelle zögern, den Fuß über sie zu setzen.»

Der Gast beugte sich unwillkürlich vor über den Tisch, um besser in die gelassenen, klugen Augen sehen zu können.

«Wissen Sie, Fräulein, daß ich doch vorhin wahrhaftige Furcht hatte, den Fuß von der Landstraße – aus meiner Welt in den Frieden dieses Kirchen- und Fliederschattens zu setzen?»

«Warum?»

«Weil Sie immer wissen, was Sie zu den Leuten bringen, in deren Türe Sie treten. Ich aber weiß nicht, was ich zu Ihnen getragen, bei Ihnen zurückgelassen haben werde, wenn ich den Fuß von neuem auf die Chaussee setze, auf die Sie mich vorhin hinwiesen.»

Sie schüttelte nur den Kopf.

«Wir gehen alle nur, wie Gott uns schickt; und wir tragen nur als seine niedrigen Boten.»

Ganz überraschend fragte der Fremde hierauf:

«Wann könnte Prudens wohl zu Hause sein?»

Und trotz aller Selbstbeherrschung wirklich überrascht, erhob sich das junge Mädchen und rief:

«Sie kennen uns – den Namen meines Bruders?»

«Es würde sich nun wohl nicht schicken, Ihnen gegenüber mein Wald-, Wiesen- und Landstraßeninkognito länger festzuhalten. Mein Name da draußen im Säkulum ist Bielow und zur Unterscheidung von einer unendlichen Namensverwandtschaft, weit zerstreut durch das Deutsche Reich, das Land Österreich und mit mehr als einem Ausläufer nach Rußland, Holland und dem Königreich der Belgier – Bielow-Altrippen. Sollte sich aber hier am Ort ein gewisser vormaliger Studiosus Theologiae Prudens Hahnemeyer eines gewissen Veit Bielow noch ein wenig entsinnen und seiner dann und wann im Gespräch gedacht haben, so würde mir das vielleicht auch bei Ihnen, liebes Fräulein, zur Entschuldigung in betreff meines kuriosen Eindringens in Ihren Hausfrieden und des hartnäckigen Festhaltens des Platzes an diesem Tische behülflich sein.»

«Freiherr Bielow-Altrippen?»

«Veit Bielow, vordem Studiosus beider Rechte auf mancher Universität und auch der zu Halle, jetzt Professor der Staatswissenschaften Doktor Bielow an der Hochschule der Landeshauptstadt – durchaus nichts Außerordentliches, sondern nur bescheidener außerordentlicher Professor bis auf weiteres. Das

Nächstliegende würde sein – darf der Mann jetzt im vollen Sinne des Wortes um Entschuldigung wegen seiner Aufdringlichkeit bitten? Darf Veit Bielow bleiben, bis der alte Kommilitone vom Filial nach Hause kommt und den Hausgenossen aus – aus der Welt da draußen unter seinem Dache und an seinem Tische findet?»

«O wie wird sich mein Bruder freuen!» rief die Schwester des Pfarrers.

«Und Sie sind also Phöbe?»

«Ja, Phöbe Hahnemeyer.»

«Ja, und so sind auch wir beide im Grunde schon recht alte, gute Bekannte. Es ist eine ziemliche Reihe von Jahren her, seit ich in Ihres Bruders Dachstube hinaufstieg und den lieben Namen in einem Briefe von Ihnen oder an Sie fand. Mir klang er damals nur hold hellenisch, und so rief ich ihn fröhlich der Mondsichel über den Dächern in der deutschen Frühlingsnacht zu. Doch Ihr Bruder schlug mir sein Neues Testament auf und zeigte mir, daß auch jene, die den Brief des Apostels Paulus von Korinth nach Rom trug, Phöbe hieß. Da nahm ich denn die hübsche Gelegenheit wahr, mir eine historische Tatsache möglichst fest einzuprägen. O ich habe die Stelle noch ziemlich genau im Gedächtnis: ‹Ich befehle euch aber unsere Schwester Phöbe, welche ist im Dienste der Gemeinde zu Kenchrea, daß ihr sie aufnehmet und tut ihr Beistand in allem Geschäft, darinnen sie euer bedarf!› Sie dürfen mir also die Art und Weise, in der ich mich eben zur genaueren persönlichen Bekanntschaft und zu jeder mir irgend möglichen Dienstleistung in allem Geschäft eingeführt habe, um so weniger übelnehmen.»

«O es ist ein lieber Besuch!» rief das Fräulein. «Und da kommt mein Bruder – o das ist gut! Das ist sein Wagen vor dem Hause. O wie wird er Augen machen und sich freuen, mein Bruder Prudens!»

«Und, bitte, nun laufen Sie ihm diesmal nicht entgegen, Fräulein Phöbe. Lassen Sie ihn uns hier am Tische finden wie zwei längst vertraute gute Freunde. Und machen Sie sich nachher in der Küche mehr mit mir zu schaffen als bis jetzt hier am Tische – ich habe nämlich nunmehr die bitterste Absicht, auch die Nacht über zu bleiben –, so darf mich das Haus Hahnemeyer noch so fest einriegeln in meinem Kämmerlein, ich gehe doch durch, sowie der letzte Teller gewaschen ist, und sollte ich mich an zerschnittenen Bettüchern vom Dachrande herablassen müssen.»

«Unnötige Sorgen, Herr Professor!» rief Fräulein Phöbe, und sie lachte dabei vollkommen kindlich aufrichtig.

Drittes Kapitel

Es war keine besonders lebensfreudige Stimme, die jetzt vom Hausflur her den süßen, an diesem Ort so wunderlich tönenden Namen Phöbe rief.

Der Gastfreund legte seine Hand auf die Hand des nun doch hastig von seinem Sitze sich erhebenden jungen Mädchens, und vom Hause her durch den Gartengang kam langsam der Pastor Prudens Hahnemeyer heran.

Veit Bielow blickte dem Jugendfreunde mit Spannung entgegen. Wenn ihm die Erscheinung desselben irgendwelche Enttäuschung bereitete, so ließ er jedenfalls nichts davon merken. Dieses Haus, diese Menschen hatten an seinem Wege gelegen, und er hatte sie aufgesucht. Er hätte an ihnen vorbeigehen können; aber er hatte es zufällig nicht getan, sondern war zu ihnen eingetreten. Wie hätte er sich ein Recht anmaßen können, das, was er fand, anders zu wollen, als es war? Ein größerer Gegensatz in Körpergestalt und Haltung und geistigem Ausdruck als zwischen diesen beiden Männern ließ sich freilich auch nicht leicht vorstellen.

Hager, aber breitschulterig und über die Mittelgröße des Menschen hinaus, doch den Kopf und Oberkörper etwas vorgeneigt tragend, kränklich, bleich und mit bald erloschenen, bald seltsam leuchtenden, aber immer halb durch die Lider verdeckten Augen trat der junge Dorfpfarrer in seine Gartenlaube.

Nur einen kürzesten Moment zauderte er am Eingang unter dem Fliederbogen, dann aber trat er mit weitem Schritt heran und sagte fragend:

«Ein Gast, Schwester?»

«Ein Freund, Bruder! Ein alter lieber Freund von dir. Ich weiß nicht, ob er dich raten lassen will, oder ob er – ob du –»

«Baron Bielow?» sagte Prudens Hahnemeyer.

«Veit Bielow, alter Mensch!» rief der Gast lachend und griff fest und warm nach der zögernden, magern, kühlen Hand des andern, die sich auf den Tischrand gelegt hatte. «Verbitte mir dringend alles fernere Baronisieren, mein braver, alter Dachstubenperipatetiker. Die Familie des Freiherrn von Bielow-Altrippen blieb seinerzeit immer gründlich unten, Fräulein Phöbe, wenn ich zu seiner Höhe emporstieg, um Weltliches und Überweltliches bei seinem schlimmen Tee, schlimmern Kaffee und über allen Ausdruck entsetzlichen Knaster mit ihm zu bereden. Weiland Doktor Samuel Johnson konnte auf der Universität Oxford die neuen Schuhe, die man ihm vor die Tür setzte, gewiß nicht grimmiger aus dem Fenster werfen, als wie dieser philosophisch-theologische Zyniker mich in Halle aus der Tür beförderte, als ich zum ersten und zum letzten Male den Versuch machte, ihm mit einer Kiste erträglicher Zigarren, einer Flasche Bordeaux in jeder Rocktasche und einem im nächsten Delikatessenladen gefüllten Handkorb fernere Duldung meiner windigen Persönlichkeit hinter der sturmsichern Mauer seiner Weltanschauung abzuschmeicheln. Ich verbitte mir also jetzt deinen Baron ebenso bestimmt, wie du dir damals meinen gekochten Schinken und Schweizer Käse verbatest, Hahnemeyer. Übrigens, im Ernst, lieber Freund, nimmst du hoffentlich diesen meinen Überfall aus blauer Luft und goldenem Abendhimmel nicht verquerer als wie damals meine leichtfertigsten Einbrüche und Einwürfe in deine ernsthaftesten logischen Beweisführungen, Darlegungen und Erörterungen?!»

«Ich freue mich herzlich; Sie – du bist willkommen, auch unter diesem Dache.»

«Für eine Nacht –»

«Für Tage, Wochen und Jahre, solange du wie damals zufrieden bist mit dem, was ich dir zu bieten habe.»

«Nur für diese Nacht, und auch für die nur, wenn deine Schwester einverstanden ist. Sie sehen übrigens, Fräulein, ich bin jedenfalls da wie der richtige Wandsbecker Bote: alles, was ich habe, trage ich bei mir. Das heißt, die Tasche hier enthält meine ganze fahrende Habe für diesmal. Schon aus Gepäckmangel würde ich also das alte Sprichwort von frischen Fischen und guten Freunden, die sich nur drei Tage im Hause angenehm halten sollen, von neuem wahr zu machen haben.»

Er hob die leichte, elegante Tasche lachend auf, wies zugleich auf Hut und Wanderstab und fuhr fort:

«Ich konnte aber unmöglich durch dein Dorf gehen, Hahnemeyer, ohne genauer zu erkunden, wo und wie eigentlich das Schicksal dich in der Welt argem Wirrsal in Sicherheit gebracht habe, und ohne den Versuch zu machen, noch einmal einen Abend mit dir zu verplaudern. Wer kann sagen, wann und ob uns noch einmal die Gelegenheit dazu gegeben wird? Gestern, etwas tiefer in euern Bergen, geriet mir eines eurer Kreisblätter mit deinem Namen und dem deiner Pfarrstelle in die Hände; deine Schwester mag dir erzählen, wie sich heute abend vor zwei Stunden unsere Bekanntschaft auf der Vierlingswiese angeknüpft hat.»

«Wir haben, wie es vorauszusehen war, dort eine Leiche, Prudens», sagte Phöbe ruhig. «Anna ist tot. Es ist so geschehen, wie du heute morgen meintest; der Herr hat sie aus ihrem Elend vor sich gerufen, ohne daß sie es bemerkte. Sie ist vor seinen Stuhl gegangen, ohne bei uns ihre Besinnung wiederbekommen zu haben.»

Nach einer Weile fragte der Pastor:

«Und der Mann?»

«Wild und zornig gegen die ganze Welt. Wilder und zorniger jetzt als sonst! Und voll bösen Vorhabens zu seinen bösen Worten. Er lacht und meint, auf dieses habe er nur gewartet; so sei es jetzt gut, und das Dorf und alle, die mit der Familie Fuchs im Sterben nichts zu schaffen haben wollten, sollten sich nur ja nicht einbilden, daß sie ihnen im Tode Molesten machen werde. Ich weiß nicht, was er damit sagen konnte; aber er hat gelacht und die Hand, die er nicht gegen mich ballte, seiner Frau Leichnam als Faust auf die Stirn gelegt. Es war kein guter Anblick. Wann willst du zu ihm gehen?»

«Im Laufe des Abends natürlich», sagte der Pfarrer und riß den Freund und Gastfreund in der Tat aus einem verworrenen

Versunkensein in die Situationen, von denen eben dieses junge Mädchen so gelassen redete, als er hinzufügte:

«Du wirst nun wohl ein wenig im Hause zu sorgen haben für unsern Besuch, Phöbe. Du wirst dein Bestes tun, Kind; es ist wahrlich ein alter, guter Bekannter, der uns hier aufgesucht hat!»

Phöbe erhob sich rasch, grüßte noch einmal diesen Jugendfreund ihres Bruders, den dieser Bruder eben einen guten Bekannten genannt hatte, und eilte dem Hause zu; sie hatte einen zierlichen Schritt, auch wenn sie nicht langsam ging.

Die beiden Männer waren nun allein miteinander an dem Tisch in der Laube, und man hörte, während sie sich jetzt von neuem prüfend, ohne es zu verbergen, betrachteten, wieder nichts weiter als die Unruhe im Turm und dann und wann ein leises Schwalbenzwitschern um den Turm und das Kirchendach. Zuerst nahm dann Veit Bielow das Wort und sagte:

«So lebst du also nun, Prudens?»

«So lebe ich und hier. Es läßt sich für dich wohl nicht in kürzere Worte fassen.»

«Und hieraus, aus diesem deinem kurzschroffen Gegenwort nämlich, sehe ich, daß du noch ganz der Alte bist, alter, harter Freund.»

«Du solltest länger als eine Nacht in diesem Hause bleiben.»

«Hm», murmelte der Mann aus dem Säkulum, der Zeitlichkeit – der Gesellschaft.

«Siehst du, du scheinst heute doch einiges Bedenken darüber zu fühlen», meinte Prudens mit leiser, grimmiger Ironie; doch der Jugendfreund rief – und zwar auch nicht ohne eine gewisse selbstsichere Überhebung:

«Ganz im Gegenteil, mein Teurer. Ich fühle wirklich die ausbündigste Lust, einen Lastesel vom Zeltpflock meines gegenwärtigen Aufenthaltsortes dort unten unter den Leuten im Alltagsdasein loszulösen, ihn mit meiner dorthin vorausgeschickten Bagage von neuem zu belasten und ihn vermittelst eines Wälderknaben oder Gebirgsjünglings hierhinaufzudirigieren, um, wenn nicht für Monden und Jahre, so doch für Tage und Wochen von deiner Gastfreundschaft Gebrauch zu machen.»

«Da müßtest du dir freilich doch wohl etwas genauer von meiner Schwester und mir zeigen lassen, *wie* wir leben.»

«Da kommt Fräulein Phöbe und deine Magd mit Tellerkorb und Serviettenbündel. Augenblicklich werden wir ihnen hier unter dem Fliederzweig wohl ein wenig im Wege sein. Beginne du. Zeige mir, wenn nicht dein ganzes Haus, so doch dein Privatreich darin, deine Stube und deinen Arbeitstisch, während wir den beiden hier das Feld frei lassen. Vielleicht dämmert es dir in der Erinnerung mehr und mehr auf aus der Zeit, da wir, wenn nicht andere, so doch jüngere waren, wie hartnäckig ein gewisser Veit Bielow in seiner liebenswürdigen Aufdringlichkeit zu sein vermochte.»

Lachend nahm er den Pfarrer unterm Arm und zog ihn gegen das Haus. Es war ihm in der Tat schwer zu widerstehen, und Prudens widerstand auch nicht. Er ließ sich führen und führte. Mit fröhlicher Behaglichkeit sagte der Gast zu dem jungen Mädchen:

«Ich wünsche vor allen Dingen ganz genau Hausgelegenheit kennenzulernen, liebes Fräulein.»

«Deines Freundes Schlafgemach ist bereit, Prudens», flüsterte Phöbe ihrem Bruder zu.

Viertes Kapitel

Nun war die Sonne auch für den höchsten Gipfel des Gebirges hinter dem Horizont versunken. Wenn auch die Höhen fürs erste noch nichts von der kommenden Nacht zu wissen schienen, klomm aus den tiefsten Tälern die Dämmerung doch schon leise aufwärts.

«Welch ein schöner Abend!» sagten alle, die Zeit und Stimmung hatten, um darauf zu achten.

Es hatten aber nicht alle Stimmung und Muße dazu.

Nun erreichte der Touristenzug von vorhin eben verdrießlich, stumm, voll unbestimmten Unbehagens, abgemattet und in der Erwartung heißer Zimmer nach dem Hofe hinaus, teurer Rechnungen und allzu beschäftigter Kellner und Stubenmädchen drunten im Bad das Hotel «Zu den drei silbernen Hechten». Und in der Rasen- und Borkenhütte unter den Tannen auf der Vierlingswiese lag die Leiche der «Feh»; die Kinder ließen wieder ihre Füße in den Bach hängen, und der «Räkel» lag im Grase vor dem «Bau», an einem ausgerissenen Farnkrautstengel kauend und von unten auf bösartig wild und dazu wie in einem stumpfsinnig-trotzigen Triumph auf seinen jetzigen Besuch blickend. Nämlich von ferne stand scheu und neugierig in einen Haufen gedrängt alles aus dem Dorf, was hatte abkommen können und sich hinausgetraut hatte auf die Vierlingswiese. Und einige Schritte von dem Mann im Grase stieß der Ortsvorsteher die eiserne Zwinge seines Stockes in den Boden und brummte:

«Verfluchtes Pack!»

Laut rief er:

«Du willst also nicht Vernunft annehmen und auf gütiges Zureden hören, Fuchs?»

«Nein», lachte rauh und kurz der Ausgestoßene der Gemeinde, sich bequemlicher auf dem Ellbogen zurechtrückend und dem Dorfgewaltigen höhnischer ins Gesicht starrend.

«So wird man vom Amte aus mit dir reden müssen und Polizei brauchen, wo man mit der Güte nicht ausreicht. Wir werden dir morgen schon zeigen, was christliche Sitte und Recht ist, Volkmar.»

«Das ist der Name, auf den ich christlich getauft bin – Volkmar Fuchs. 's ist freilich ein Wunder, daß ich ihn vor euch Halunken im Gedächtnis behalten habe. Das gefiele euch nun wohl, jetzt auf einmal wieder bloß mit dem Fuchs, dem Volkmar, und seinem toten Weibe zu tun zu haben? ... Schert euch zum Teufel! Mit dem Räkel und seiner verendeten Feh habt ihr zu schaffen! Jetzt packt euch auf der Stelle, ihr alle, und du vor allen, du Dorflumpenpräsidente, oder ich reibe euch der Feh Totenstroh unter ihrem Leibe weg in die Freßgesichter, daß der ganze Wald auf Stunden Weges von dem eurigen unter den Tannen nächstens voll liegen soll. Ja, Leichenstroh! Das wäre mir schon ein Gaudium, eure Äser auch darauf hinzuliefern.»

Er war aufgesprungen, und vor seiner unheimlichen Drohung war der Haufe der Dorfbewohner, Männer, Weiber und Kinder durcheinander, mit hellem Angstruf sofort auseinandergestoben und von der Vierlingswiese geflüchtet. Aber auch der Vorsteher, seinen Stock zur Abwehr vorstreckend und zum Schlage hochhebend, zog sich rückwärts schreitend aus dem Bereiche des Wütenden und von seiner trostlosen Behausung zurück, indem er dabei murmelte:

«Na, das ist eine schöne Bescherung! Klein bei gibt er nicht; na, das ist eine Geschichte! Und für lange Schreiberei ist bei dieser Affäre nicht mal Zeit. Nu, da ist es ja noch ein Glück, daß zuerst doch auch noch der Pastor mit heran muß. Mit dem werde ich jetzt wohl reden müssen, obgleich das auch grade kein Vergnügen ist.»

Um diese Zeit war es, wo Veit Bielow und Pastor Hahnemeyer in dem Studierzimmer des letztern am Fenster standen und hinaussahen über die Berge und Wälder. Das wenig umfangreiche Gemach war, wie das übrige Haus, in der notdürftigsten Weise ausgestattet. Seit Jahren hatte die arme Berggemeinde sowenig als möglich an die Erhaltung ihres Pfarrhauses gewendet und an die Verschönerung desselben gar nichts. So waren Decken und Wände der Stuben und Kammern nur schlecht getüncht und der Kalk hie und da längst wieder abgebröckelt. Überall trat das Fachwerk wieder zutage; Tapeten gab es kaum noch, der Gipsfußboden war meistens zerrissen und zersprungen und um die Öfen herum zu Höhlungen ausgetreten; und die verwitterten Fenster mit ihren trüben, kleinen, schlecht in Blei gefaßten Scheiben ließen sich nur schwer öffnen und dann wieder nur mit gleich großer Mühe schließen. Was freilich der Pastor und seine Schwester an Hausrat mitgebracht hatten, das paßte ganz zu diesem allen und gab sich nirgends die geringste Mühe, Unwohnlichkeit, Armut und Vernachlässigung zu verdecken und auszugleichen.

Aber der Gast hatte doch das eine Fenster in der Stube seines Jugendfreundes mit wunden Fingern offen bekommen, und der Blick daraus in die Nähe und Ferne entschädigte für vieles.

Man erfuhr hier erst zu voller Gewißheit, wie hoch eigentlich das Dorf gelegen sei.

Obstbäume gediehen kaum noch. Die wenigen Ackerfelder der Gemeinde waren nur dürftig mit kümmerlichen Halmen bedeckt; aber über die Eschenwipfel unter diesem Arbeitszimmer Prudens Hahnemeyers hinweg übersah man meilenweit die Tannenberge und – darüber hinaus bis in die blaueste, abendduftige Ferne die norddeutsche Ebene: Dörfer, Städte, Flüsse und fruchtbares Land mehr oder weniger deutlich, so daß ein feineres Gefühl für Erdenschönheit sofort mit Rührung und Freude sich diesen Auslug in jeglicher Jahreszeit, bei jeglicher Beleuchtung und in jeglicher Lebensstimmung als einen Trost, eine Beruhigung denken konnte.

«Du hast deinem Arbeitstisch eigentlich nicht die richtige Stelle gegeben, Freund», sagte Veit, sich von der schönen Aussicht an den müden, wortkargen, teilnahmlosen Mann neben ihm wendend. «Du solltest über deinen Büchern und Predigtmanuskripten dieses immer im Auge behalten können. Ich stelle mir das auch zum Advent in dem rechten Lichte als sehr geeignet vor, um dabei für Gedanken, Wort und Schrift den rechten Ausdruck zu finden.»

«Zur Adventszeit pflegt es sehr kalt hier oben zu sein, und die Hauswand ist dünn. Mich friert leicht, und dazu sagt mir die Aussicht wenig. Wollte ich mich mit ihr unterhalten, so würde sie mich doch auch nur von dem abziehen, was mehr not tut. Ich habe mit dem Menschen zu schaffen, nicht mit seinem Haus, seinem Acker und seinen Wiesen.»

Es schien eine rasche Antwort dem Gastfreund auf der Zunge zu liegen. Er bezwang sich jedoch, behielt sie lieber bei sich und meinte nur gutmütig lächelnd:

«Du trennst das voneinander? Doktor Martin Luther würde dich da wohl ein wenig am Ohrläppchen nehmen, mein Bester. Der redet von Acker, Haus und Hof, Kleid und Schuh und allem, was in der Hinsicht zum Menschen gehört, von allem, was sein ist, mit dem möglichsten Respekt, faßt ihn sogar mit unzweifelhafter Vorliebe dabei und hält ihn sogar dadurch im Wackern und Rechten. Er soll ja auch sonst, das heißt in eigenen Angelegenheiten, für sich, die Frau und die Kinder ein recht guter Ökonom, Hausvater, Landwirt und Grund- und Bodenbesitzer gewesen sein. Er würde als hiesiger Leutprediger seinen Schreibtisch doch wenigstens im Sommer mehr ans Fenster gerückt haben. Auf der

Wartburg hat er wohl über die Septuaginta gern ins Weite und Sonnige des Frühlings eintausendfünfhundertundeinundzwanzig und nachher in den Herbstnebel und in den Schnee des Jahres gesehen, vorzüglich nach einer seiner heißen Kampfesnächte mit –»

«Der Herr führt seine Diener auf verschiedenen Wegen an seiner Hand. Mir hat er gegeben, vieles mit geschlossenen Augen zu tun.»

«Wohl jedem von uns – mir auch, zum Beispiel!» sagte der Gastfreund nun doch mit einigem Nachdruck. Doch mit demselben heitern Sichfinden in Ort und Zustände des Momentes fügte er sogleich hinzu: «Deine Fräulein Schwester wird aber in der Laube vielleicht auf uns warten, und ich gestehe dir offen, daß ich dir auch diesmal wieder den alten Appetit von Halle in deine jetzige Klausur und Asketik mitgebracht habe.»

«Meine Schwester geduldet sich schon; du aber wirst dir auch heute genügen lassen müssen an dem, was ich dir zu bieten habe. Es ist ja auch so dein Wille gewesen.»

«Natürlich», brummte der Mann von der benachbarten Touristenstraße und manchem weniger betretenen Seitenwege nicht bloß in Europa. –

Sie fanden drunten in der Laube ein grobes Tischtuch ausgebreitet und ein Mahl, von dem weiter nicht die Rede sein wird, da sich im Grunde niemand viel um es kümmerte, und der Gast mit «dem riesenhaften Appetit» vielleicht am wenigsten, je mehr er demselben in voller Wahrheit alle Ehre antat. Es war aber ein Glück, daß sie damit zu Ende waren, ehe der Vorsteher mit seinem Bericht von der Vierlingswiese kam und «soviel als möglich von dieser Mordsgeschichte auf seinen Pastor ablud».

Sie saßen in der tiefen Dämmerung am Tisch einander gegenüber, Bruder und Schwester auf der einen Bank, der Gastfreund auf der andern, als der Vorsteher sich mit den Armen über die kleine Gittertür legte und es ablehnte, einzutreten und Platz zu nehmen, da er «für sein Teil das Ding kurz, gut oder schlimm, abzutun wünsche und dem Herrn Pastor gern das Weitere überlassen werde».

«Nämlich, Herr Pastor, dieser Kerl, der Räkel, der Fuchs steift sich nun auf unser Verhalten von Gemeinde und Doktors wegen gegen ihn und seine Brut. Er will nun die Feh – entschuldigen Sie, Fräulein, Sie wissen ja, daß wir da immer die Frau, seine Frau meinen – nicht hergeben zu einem christlichen Begräbnis. Wir hätten sie im Leben nicht unter uns gewollt, brüllt der Vagabunde, so brauchten wir uns auch im Tode nicht um sie zu kümmern. Er werde jetzt alles, was sich noch für sein Weib gehöre, schon selber besorgen, und zwar besser als Schulz, Pfaff, Küster, Kantor und Totengräber. Er, der Räkel, und seine Brut brauchten ja wirklich nur allein zu wissen, wo im Walde ihre Feh verscharrt liege. Herr Pastor, mit Vernunft und Anstand ist nicht mit ihm zu reden. Er hat gedroht, auf der Vierlingswiese uns das Totenstroh unter der Leiche weg ins Gesicht zu reiben, und der Bösewicht ist imstande, es uns in der Nacht in die Häuser zu tragen und das ganze Dorf mit dem Gifte anzustecken. Der Gemeinderat hat selbstverständlich Reißaus genommen von der Wiese; ich aber bin langsam nach Hause gegangen und habe mir der Vorsicht wegen erst die Hände unter den Brunnen gehalten, und nun bin ich hier und frage Sie, Herr Pastor: was tun wir jetzt? Sollen wir es morgen sofort auf die Gewalt von Amts wegen ankommen lassen, oder wollen Sie noch einmal ein Wort in der Güte mit Fuchs versuchen? Eine ganz verfluchte Sache ist es, und der Klügste sollte da nicht ein und aus wissen gegen dieses Tier von Menschen, das sich da auf sein Gift und seine Wut stellt und sich in seinem Rechte dünkt, nicht bloß gegen das Dorf, sondern die ganze Menschheit und unsern Herrgott im Himmel auch!»

Die am Tisch in der Fliederlaube hatten alle mit angehaltenem Atem diesem halb grimmigen, halb kläglichen Erguß bäuerlicher Ratlosigkeit zugehört. Phöbe hatte bewegungslos die Hände vor sich auf dem Tischrande gefaltet; Professor von Bielow war an den Zaun und die Gittertür getreten, um dem Vorsteher, seiner Erzählung und seinem Dialekt so nahe als möglich zu sein. Der Pfarrer erhob sich aus völliger Regungslosigkeit erst, als der Mann zu Ende war.

«Ich werde nachher zu dem Volkmar gehen und mit ihm in der rechten Weise sprechen», sagte er, unzweifelhaft seinerseits Zorn und Ratlosigkeit mit Mühe niederkämpfend.

«So habe ich ja denn wohl das Meinige jetzo besorgt und zum mindesten ein Teil von diesem Fuder Überdruß vor der richtigen Tür abgeladen», meinte der Ortsvorsteher. «Nun, da sehen Sie denn nach Ihrem bessern Verständnis zu, Herr, was Sie mit diesem Vieh auf der Vierlingswiese auszurichten vermögen. Morgen in der Frühe darf ich ja wohl wieder nachfragen; denn Eile hat die Sache, vorzüglich bei dieser Sommerwärme, und immer noch viel zu nahe am Dorfe, wie der Herr Kreisphysikus behauptete. Wäre der öffentliche Anstand und die Religion nicht, vielleicht wäre es wirklich das beste, man ließe dem Räkel seinen Willen und legte nachher Feuer an den ganzen Bau. Na, bis morgen früh denn angenehm wohlzuschlafende Nacht, Herrschaften!»

Fünftes Kapitel

Es war eigentlich seltsam; man vernahm um diese spätere Abendstunde und bei tiefem Schweigen in der dunkeln Fliederlaube die Unruhe im Kirchturm lange nicht so deutlich als vorher, wo noch der Tag die Herrschaft hielt oder sich doch nur mit der ersten Dämmerung um sie stritt. Der Tag soll laut sein, aber hier war die Nacht lauter als er; denn nun erst war das Dorf lebendig geworden hinter der Kirche, den nächsten Hecken und Hofmauern und Gärtenzäunen. Kinder kreischten und jauchzten, junges Volk sang, es drangen auch zänkische Stimmen herüber. Und da ein Todesfall immer ein Ereignis in solchem abgeschiedenen Gemeindewesen ist, so hätte sich die Unruhe im Dorfe wohl noch länger über die ersten Ruhestunden nach schwerer Tagesarbeit fortgepflanzt und die Unruhe im Turm übertönt, wenn auch nicht heute die Frau auf der Vierlingswiese gestorben wäre und der Räkel dem Vorsteher die Faust unter die Nase gehalten und sich das ehrliche und ordentliche Begräbnis der Leiche seines Weibes mit Fluchen und Hohnlachen verbeten hätte.

«Wirst du nun gleich zu dem armen Menschen in seiner Verwirrung gehen, Prudens?» fragte Phöbe in dem Pfarrgarten.

«Ich denke nicht», sagte der Pastor. «Es wird wohl besser sein, ich komme zu ihm, wenn das Dorf zu Bett und ganz in Ruhe ist.

Den Mann werde ich auch später wachend finden; ich kann ihn aber auch aus dem Schlaf wecken. Jedenfalls wünsche ich mit ihm in seinem Elend allein vor Gott zu sein.»

Der Gast hörte nicht den geringsten Anklang an Sorge und Ängstlichkeit in dem Ton, mit welchem das junge Mädchen erwiderte:

«Ja, du hast recht, dieses ist das beste.»

Doch der Pfarrer wendete sich jetzt an den Jugendfreund, und zwar zum erstenmal mit einem gewissen Anflug von Heiterkeit in Ton und Ausdruck, worin sich aber auch diesmal wieder ein leisester Hauch von Bitterkeit und Spott mischte:

«So leben wir hier nun, lieber Veit. Dieser gegenwärtige Fall ist wohl, wie man das nennt, recht interessant; aber laß dich nicht dadurch täuschen: du findest wenig an uns, was dich später auf deinen Wegen noch interessieren könnte in der Erinnerung an uns.»

«Meinst du, Prudens?»

«Und nun, das Kind da, meine Schwester, kennt kaum mehr von dir als den Namen, und so halte ich es für wünschenswert, daß du ihr mitteilst, wie der Herr uns voreinst in jüngern Tagen zusammenführte und uns, jeden in seiner Weise und nach seiner Lebensstellung, Anteil aneinander nehmen ließ. Auch ich werde dann gern vernehmen, wie deine Wege bis heute liefen, nachdem er uns nach seinem heiligen Willen von neuem auf entgegengesetzte Pfade gestellt hatte.»

Es zeugte unbedingt bei dem Gast von mannigfachem Umgang mit vielerlei Menschen, daß er mit unerschütterter, heiterer Gelassenheit sich zu der jungen Dame wendete:

«Es ist eine Tatsache, Fräulein Phöbe: wenn alte Universitätsgenossen sonst nach längerer Trennung sich wieder einmal zusammenfinden, so pflegen sie mit Vorliebe zuerst von den vergangenen schönern Tagen zu schwatzen. Ich gestehe offen, ich hatte auch die beste Lust dazu mit hierher gebracht; aber wie soll man das nun anfangen, einem solchen Menschenkinde gegenüber, welches das unverwüstlichste Gesprächsthema auf dieser Erde sofort in der Blüte knickt? Es drängte mich wirklich, Ihnen nicht völlig unbekannt zu bleiben, um meinen Überfall heute abend wenigstens in etwas zu rechtfertigen; aber – Prudens Hahnemeyer, unsere hallesche Jerichosrose stellst entweder du jetzt ins Wasser oder – läßt es bleiben und versparst das für morgen, wenn der damalige und jetzige Störenfried und Aufdringling wieder den Rücken gewendet haben wird. Hast du den Don Quijote gelesen, Hahnemeyer, so muß ich dich unbedingt auf das Erzählungstalent des braven Sancho in der Nacht vor dem großen Abenteuer mit den Walkmühlen aufmerksam machen. Meine Begabung zum Geschichtenerzählen ist ganz von der nämlichen Sorte.»

Es blieb zweifelhaft, ob der Pastor Prudens die Geschichten von dem sinnreichen Junker Don Quijote und seinem Schildknappen gelesen hatte; Phöbe hatte sie nicht gelesen.

«Ich würde gern mit zuhören», sagte sie; und so erzählte und sprach in dieser lauen Sommernacht der außerordentliche Professor und Doktor Freiherr Veit von Bielow-Altrippen doch noch mehr von sich und seinen auf- und absteigenden Lebensläufen, als wenn die Gesellschaft und Zuhörerschaft – eine andere gewesen wäre. Eine andere; so und nicht anders würden sich die meisten wohl ausgedrückt haben. –

Für uns aber ist im Grunde wenig Nacherzählenswertes dabei. Es war eben bis jetzt nur die Laufbahn des liebenswürdigen, nicht unbegabten, wohlmeinenden Gentleman-Gelehrten gewesen. Ein guter Familienname, weitreichende gesellschaftliche Verbindungen, ein ausreichendes Vermögen und ein gesunder Körper und heiterer, mäßiger Charakter hatten ihn in seinen Studien, Neigungen und Liebhabereien begünstigt. Er fühlte sich sicher auf seinen Füßen und gegen jedermann in der Welt um ihn her. Seine Berufswissenschaft nahm er leicht und spielend. Mit einem feinen Gefühl für das Schöne hatte er große Reisen in Italien, Griechenland und im Orient gemacht; und davon vor allem sprach er gern und mit ernstem Verständnis. Die männliche, unbefangene Seelenheiterkeit, welche er an diesem Abend in dieses trübe Haus, zu diesem weltabgeschiedenen Geschwisterpaar hineintrug, ließ auch den selbstquälerisch-finstern Prudens dann und wann genauer aufhorchen und brachte seine stille Schwester über ihrem Arbeitskörbchen bei dem dämmerigen Schein der kleinen Gartenlampe in der dunkeln Laube zum Aufblicken und zu rascherm Atemholen und einige Male sogar zu einer Frage und einem Lächeln.

Als er zu Ende war, sagte der Pfarrer:

«Ich freue mich deines Lebensglückes und deines Behagens an diesem vergänglichen Dasein. Du hast Gott, der alles dieses gibt oder versagt, mit dankerfülltem Herzen dich zu beugen. Er hat dir deine Pfade bis heute lieblich und leicht gemacht. Möge solches nicht wie ein Tuch um deine Augen gewesen sein, das dem Menschen am Ende seines Weges abfällt, wenn ihn kein Erdenwitz und Behagen von der Tiefe vor seinen Füßen zurückzuziehen vermag! Doch es wird spät, und du weißt, ich habe noch einen nicht leichten Weg in dieser Nacht zu gehen. Da rührt sich auch unser Gebirgswind. Wenn es dir genehm ist, werde ich dich zu deinem Schlafzimmer führen, und ich wiederhole dir, du bist mir herzlich willkommen gewesen, und es war freundlich von dir, daß du dich meiner noch im Vorbeigehen, im Behagen deiner Tage erinnert hast.»

«Besten Dank, Alter», sagte der Jugendfreund achselzuckend. «Darf ich Ihnen meinen Arm anbieten, Fräulein?»

Das Fräulein schien die höfliche Gesellschaftsformel gänzlich überhört zu haben. Sie nahm die Lampe vom Tische und leuchtete mit ihr unter den jetzt leise rauschenden Baumwipfeln des Gartengangs. Sie stand mit ihr in der erhobenen Hand unter der Pforte des Hauses und ließ ihren Schein auf die ausgetretenen Treppenstufen fallen.

«Sie dürfen uns nicht straucheln auf unserer Schwelle», sagte sie, und noch einmal bemerkte der Gast, daß sie, wie man das nennt, Farbe bekommen konnte, daß sie lächeln konnte, daß sie ihre Augen groß und freundlich aufzuschlagen vermöge.

Nun wünschte sie dem Gast gute Nacht und verschwand, nachdem sie die Lampe dem Bruder gereicht hatte. Der Pastor führte den Freund in ein Stübchen im Oberstock des Pfarrhauses und sagte:

«Du siehst, du mußt dich zu bescheiden wissen, Bielow; aber du hast ja, wie du uns erzähltest, harte Lagerstätten schon öfters erprobt und kahle Wände um dich gehabt, ohne über deine Wirte und deinen Willen zu murren am andern Morgen. Der Herr lasse dich eine friedliche Nacht haben unter diesem Dache!»

«Ich hoffe darauf. Was soll ich dir wünschen, Prudens Hahnemeyer?»

«Ein unbewegliches Herz und eine Zunge wie –»

Er beendete den Satz nicht. Als sich die Tür hinter ihm geschlossen hatte, murmelte Veit Bielow:

«Ein unbewegliches Herz! Armer Teufel! Und er hatte Furcht vor dem Reime: – eine Zunge wie Erz. Bei den unsterblichen Göttern, da schlendert man faul zu und versäumt es in gelangweilter Trägheit vielleicht täglich, den Schritt vom Wege zu tun, der uns zu solchen Zuständen, zu solchen Darstellern für unteilbare Handlung oder fortgehendes Gedicht, wie Polonius sagt, zu bringen vermag! Nun, Veit, wir gehören doch wohl auch zu den Schauspielern, die am Hofe des Königs Claudius angekommen sind. So wollen wir uns wenigstens Mühe geben, daß auch für uns Seneca nicht zu traurig und Plautus nicht zu lustig ist, solange wir unsere Rolle abzuspielen haben auf der Erde, an diesem anrüchigen Hofe von Dänemark, den hie und da auch einmal einer, der sich nicht Polonius nennt, des Menschen Tragiko-Komiko-Historiko-Pastorale benamsen könnte. Hm, was für eine Tiefe – wie dieser lutherische Mönch sich ausdrückte – sich da eben, nach diesem meinem heutigen Schritte vom Wege, in den Augen dieses lieben, kleinen Mädchens, seiner Schwester, vor mir auftat! Welch ein wundervoller Tag in seinen Einzelheiten, mit oder ohne Binde vor den Augen!»

Sechstes Kapitel

Sie kamen alle drei unter diesem Dache fürs erste noch nicht zum Schlafen. Die Eschen um das Haus rauschten in dem kühlen Gebirgswind, auf den der Pastor vorhin aufmerksam gemacht hatte, lauter und lauter. Der Gast und Phöbe ließen ihre Fenster geöffnet und saßen noch eine geraume Zeit an ihnen, auf die schöne Melodie der Nacht horchend und sich, jedes nach seiner Weise, mit den Erlebnissen des Tages in Frieden abfindend.

Letzteres versuchte auch der Pfarrer; aber das Fenster, welches der Jugendfreund vorhin in seiner kleinen Studierstube geöffnet hatte, schloß er. Dann zündete er seine Lampe an, nahm die Bibel vom Bücherbrett, schlug sie aufs Geratewohl auf und saß vor ihr, den Blick fest, aber, wie nicht zu bezweifeln war, mit Gewalt und nur durch Überwindung eines Hindernisses in seiner Seele auf das offenliegende Blatt heftend.

Es waren seltsamerweise zwei Seiten aus dem Hohenliede, die ihm der Zufall in dieser Stunde, vor seinem schlimmen Wege, vor die Augen legte. Welchen Vers grade sein Auge traf, ist wohl gleichgültig: wir haben das Buch alle gelesen und wissen, wie darin geschrieben worden ist, was dort vor Jahrtausenden von einer entzückten Menschenseele gesungen wurde. Und nun war es fast schrecklich, der mühselige, ernste Mann vor dem heiligen Buche lächelte nicht bloß – er lachte! Aber die Hand, die auf jenen heißen Liebesliedern lag, welche nach den Kapitelüberschriften von Christus und seiner Kirche handeln, zitterte wie im Krampfe.

Und doch erschrak er nicht ob dieses Geräusches, das er durch sein Lachen in der Nacht erregte. Er blickte nicht erschreckt über seine Schulter nach jemand, der gelauscht haben konnte. Er war ehrlich – es war nicht das erstemal, daß er so lachte. Es gehörte zu seinem Kampfe mit der Welt, und als er jetzt das Buch zuschlug, ohne genauer auf mehr als eine Zeile darin hingesehen zu haben, fühlte er und empfand er sich bereit zu seinem Gange nach der Vierlingswiese; und der hätte sich sehr in ihm getäuscht, der sich an die Worte gehalten hätte, mit denen er sich nun doch weiterquälte auf seinem eigenen Wege durch sein Leben im Fleisch.

«Sie schlafen, sie können ruhig schlafen, das Kind, meine Schwester, in Gott ihren Kinderschlaf, dieser Mensch ohne Gott in seiner Selbstsicherheit. Meinen Wunsch einer friedlichen Nacht hat mir der als unnötig mit Spotten zurückgegeben; ich habe es wohl gemerkt, daß er in seiner Welterfahrung wohl wußte, wie ich gleich einem Gespenst in meinen Nächten umgehe. Das Kind in seiner Unerfahrenheit und der kluge Mann in seiner Gesundheit und Kraft wissen von keinem Zweifel; ich aber zerringe mir die Hände in Bangen und bin mir ohne deine Gnade, Herr, Herr, selbst eine Lüge bis in das Mark meiner Gebeine, bis in die Tiefen meiner Seele. Herr, Herr, willst du mich nicht still machen in diesem Leben wie die Unschuldigen und die, welche nichts von dir wissen wollen, o so laß es kurz sein in deiner Gnade, dieses Leben auf dieser Erde, auf der ich keinem begegne, der mir nicht zum Zorn und Überdruß wird, keinem, der mir nicht ein Vorwurf ist, wenn ich nicht in sündiger Überhebung einen Triumph daraus machen kann. O Herr mein Gott, töte dieses bittere, wilde Herz in mir, zu dem niemand spricht, vor dem niemand weint und lacht, ohne daß der Ton erlischt wie ein glühend Eisen in einem Meer von Galle.»

Er erhob sich schwerfällig von seinem Stuhl; aber als er aufrecht stand, jetzt in seiner ganzen, stattlichen Höhe, war jede Spur von Schwäche an ihm verschwunden. Er lachte nicht mehr, aber er lächelte, indem er murmelte:

«Und so wärest du ja wohl in der rechten Stimmung, diesen deinen jetzigen Amtsweg zu gehen, Prudens Hahnemeyer, um mit jenem ratlosen Mann in der Wildnis Vernunft zu reden an dem Leichnam seines Weibes, an der Leiche des Weibes?!» – – –

Es war bald gegen Mitternacht, als er das Haus verließ. Er hatte, wie schon gesagt worden ist, die Tür nicht zu verschließen. Die stand freundlichen und feindlichen Mächten offen bei Tage und bei Nacht. Aber ehe er jetzt in diese Nacht wieder hinaustrat, horchte er noch einen Augenblick an den Türen seines Jugendfreundes und seiner Schwester und sagte, als er von drinnen keinen Laut vernahm, neidisch:

«Ja, sie schlafen ruhig.»

Er ging jetzt barhäuptig. Er, der seinem heutigen Gast vorhin in der warmen Abendstunde von körperlichem Frösteln gesprochen hatte, schien jetzt nichts von der Kälte der Gebirgsnacht, von dem scharfen Wehen über die Hochebene her zu verspüren. So schritt er durch den Vorgarten, in welchem so viele Kinder seiner Vorgänger im Amte seit wohl mehr denn zweihundert Jahren ihre Spiele getrieben hatten, so schritt er über die versunkenen Gräber dieser Vorgänger zwischen seiner Gartenhecke und der Kirche, begleitet von dem Rauschen in den Wipfeln umher.

An der Ecke der Kirche trieb ihm der Wind die Haare in das Gesicht, und als er sie zurückstrich, sah er zum erstenmal auf zu dem jagenden Nachtgewölk und den Sternen, die zwischendurch flimmerten. Da er aber das wenige Gefühl für Naturschönheit, das er je besessen haben mochte, ohne viel Mühe in sich ertötet hatte, sagte ihm das nichts. Er fühlte den Wind in seinem Rücken nur als eine andere treibende Kraft, wovon er so wenig wußte, wie daß er jetzt wieder dem Morgen zuschreite auf dem nämlichen Wege, auf dem seiner Schwester und dem Jugendgenossen vor wenigen Stunden die Abendsonne ins Gesicht geleuchtet hatte.

Das Rauschen in den Laubbäumen war nun in den hohen Tannen an dem Rande der Vierlingswiese zu einem singenden Zischen geworden, doch auf der Wiese selbst hätte dem Wanderer kaum ein wirklicher Sturm das Haar mehr bewegt. Die lag zu nahe im Schutze des Forstes, und der Wind sang da nur in dem obersten Gezweige.

Aus dem offenen Türloch der Fieberköte fiel noch Licht- oder besser Feuerschein in die Nacht hinein, wie der Pfarrer es vorausgesetzt hatte. Der Schauder, den jeder andere, weichere Mensch im Daraufzuschreiten wohl bis ins Tiefste verspürt haben würde, zeigte sich bei diesem jetzt in seine Pflicht gewappneten Mann nur in einer kaum bemerkbaren abweisenden Kopf- und Handbewegung. Im nächsten Augenblick stand er in der Hütte und fand sie alle so tief im Schlaf darin, daß der der Lebendigen sich in nichts von dem der Toten unterschied.

Die Tote suchte dieser nächtliche Gast und Trost- und Ratbringer zuerst beim Flackern des auf dem roh aus Bergsteinen zusammengeschichteten Herde in sich zusammensinkenden Feuers. Da die Luft von allen Seiten fast ungehinderten Zutritt in die Höhle hatte, war der Dunst darin lange nicht so arg wie in den Krankenzimmern und Sterbesälen besser situierter Mitbrüder und Mitschwestern auf dieser Erde. Es füllte sogar ein Wohlgeruch aus dem Walde und von der Wiese den Raum, ein Duft des Lebens, der jeden Weihrauchduft um Sarg und Katafalk zu einem Spott machte. Es hinderte in dieser Beziehung den Pfarrer, wie er sich jetzt über die starre, lang hingestreckte Gestalt der gestorbenen Feh beugte, nichts am freiesten Atemholen, und er fuhr auch nicht auf und um, als nun von der anderen Seite der Hütte her ein heiseres Lachen erscholl und der Räkel rief:

«Ho, ein Nachtvogel! Wie kommen wir denn jetzt schon zu dieser Ehre? Hast das Aas auch gewittert und kommst noch gar in der Düsternis, weil du Fänge und Schnabel nicht bändigen kannst bis zum nächsten Morgen? Dachtest wohl, der Fuchs könnte dir schon bei nächtlicher Weile mit seiner Füchsin durchgehen? Konnten aber ganz ruhig sein, Herr Pastor, hat die Familie ihr Elend am hellen Tage gehabt, will sie auch ihren Spaß am hellen, lichten Tage haben. Da ist morgen bei Sonnenschein noch Zeit für alles! Sackerment, oder drückt dich deine Redegabe so, daß du ihr jetzt nur Luft machen willst, weil du weißt, daß du morgen das Nachsehen mit ihr haben könntest? Sackerment, wenn mich die Kinder nicht dauerten, hätte ich wirklich auch Lust, dich gleich auf der Stelle zum Predigen, Heulen und Zähneklappern zu bringen, du heuchlerische Kircheneule. Und wäre deine Schwester nicht, ich drückte dich mit dem Gesicht auf den kalten Leib da, daß du die Pestilenz einsögest wie ein Schwamm. Na, nun heraus damit, mach's kurz mit deinen Fragen! Was wünschen der Herr Pastor eigentlich von dem Gaudieb, dem Volkmar Fuchs? Hast ja deine Spitzbuben von Bauern die ganze Woche um dich zum Salbadern mit ihnen und jeden Sonntag das große Wort allein vor allen ihren alten und jungen Weibern und Schulkrabben. Was suchst du also noch außerhalb von deinem hochheiligen Pferch bei dem Zuchthäusler, dem Wilddieb, dem Fuchs und seinen Jungen? Meinst wohl gar, der Räkel fürchte sich vor der Mitternacht, und meinst, du setzest deinen Amts- und Kirchenpolizeiwillen in der Spukzeit leichter durch? Ja, komme mir nur!»

Der Mann hatte sich von seiner Streu im Sprunge aufgehoben. Auch er war ein hagerer, starkknochiger Mann von vierzig Jahren, der verrufenste Wilddieb der Gegend, der beste Schütz im Gebirge – ein Ritter des Eisernen Kreuzes vom Jahre achtzehnhundertsiebenzig, der Ehemann der Toten und der Vater der zwei Kinder: Volkmar Fuchs, seines Familiennamens wegen und aus anderem Grunde von der Bekanntschaft aus der Jägersprache der Räkel genannt, wie seine verstorbene Frau die Feh. Als er jetzt dem Pfarrer die Hand auf die Schulter legte und so neben ihm stand, fand es sich, daß sie beide von ziemlich gleicher Leibeshöhe und daß sie sich auch mit dem Blick ihrer Augen gewachsen waren.

«Ich habe freilich gewartet, bis niemand im Dorf mehr wachte als wir zwei, Volkmar, um Vernunft mit dir zu reden», sagte der Pastor jetzt völlig ruhig.

«Zählt mich der Herr Pastor Hahnemeyer wirklich noch mit zu seinem Dorfe?» lachte der Räkel.

«Es ist ein anderer, der dich und die Deinigen mitgezählt hat allewege und allezeit. In seinem Namen habe ich dich aufgesucht an dem Leichnam deines Weibes, armer Mensch –»

«Weil euch die faule Seuche auf die Nägel brennt und ihr in Ungelegenheiten kommt drunten im freien Lande vor den Behörden und in die Zeitung dazu, wenn der Räkel sich jetzt nicht von euch um euren kleinen Finger wickeln läßt, sondern einen öffentlichen Lärm aus seinem Gift macht! Das lohnte sich natürlich, uns in der Vergessenheit mit deiner Barmherzigkeit des Herrgotts aufzustören. Nun, meinetwegen – Sie sehen es ja, Herr Pastor Ehrwürden, die Krabben wachen auch, und die Gemeinde in der Fieberköte haben Sie also wohl vollzählig beisammen, abgerechnet die tote Seele da, wenn Sie die nicht auch noch zu uns zählen; – also, meinetwegen, reden Sie mal Vernunft zu uns. Wirf ein paar Tannensplitter auf den Herd, Junge, daß wir mehr Licht in unsere Dummheit und für den Herrn Pastor kriegen und es besser einsehen, wie er uns besser herumbringt als Fräulein Phöbe in unserm Recht und Willen mit Mutter.»

Es war das kleine Mädchen, das aufsprang aus seinem Stroh- und Laublager und mit einem Kinderarm voll Tannenspäne zu dem verlöschenden Herdfeuer lief. Der Junge rückte sich nur bequemer zurecht im Stroh mit frechtrotzigem Blick, nahm die Knie zwischen die Arme, legte das Kinn auf die Knie und sah mit zwinkernden, aber aufmerksamsten Augen auf seinen Vater und den Herrn Pastor; und der Herr Pastor konnte da über die Schulter in die Augen von unzählbaren Generationen der Vergangenheit wie der Zukunft sehen, wenn er im Augenblick Zeit dazu gehabt hätte.

Aber wie wir alle zu jeder Zeit hatte er keine Zeit; die angstvolle, verantwortungsvolle Gegenwart nahm ihn für das Nächstliegende gefangen, und das Nächstliegende war die Tote vor seinen Füßen. Auch redete der Räkel noch weiter.

«Mußt es doch selber sagen, Pastor, daß es für unsereinen eigentlich eine Kuriosität sein muß, wie das so still liegen kann, während die arme Seele für ihr Elend im Hundeleben in euerm ewigen Pech, Öl und Schwefelfeuer bratet und der Satan mit der Bratengabel sein Gaudium am Backofen hat. Zum Teufel, des Jokus halber bin ich ja auch wohl am Sonntage in deiner Komödie gewesen und habe dich die Hölle deinen Dorfhalunken heiß machen hören. Denen zuliebe wünschte ich selber, daß du die Sache so genau wüßtest, wie du von der Kanzel ausschreist. Und die Bälger holt ihr mir ja mit der Gewalt und Polizei in die Schule, wenn sie nicht das Fieber zur Abwehr haben; und sie bringen genug heim, um ihrem Alten, dem Räkel, das Verständnis für eure Flausen aufzuknöpfen, die ihn für sein eigen leiblich Aas im Leben und Sterben nicht kümmern sollen; über sein Pläsier an euch Komödianten hinaus nämlich. Na, so tu doch das Maul auf; des bloßen Hinstarrens lohnte sich doch die Mühe des Weges aus deinem weichen Bette nicht. Guckst aber wirklich ein bißchen erbärmlich in die Geschichte. Willst du einen Schnaps, ehe du im Fuchsbau vor dem Räkel, seinen Jungen und vor seiner verendeten Feh privatim aufs Seil gehst? Da sauf und stärke dir dein heilig Herz, ehe du Vernunft wegen der Anständigkeit und eines christlichen Begräbnisses der Anna Fuchs zu ihrem Mann redest.»

Der wüste Gesell hielt dem Pfarrer wirklich die Branntweinflasche hin und grinste dabei, als ob das der beste Witz sei, den er je im Leben fertiggebracht habe. Aber um so verblüffter stand er da, als der Pastor Hahnemeyer die Flasche nahm, aus ihr trank, sie zurückgab und sagte:

«Ich danke dir, Volkmar.»

«Sackerment!» brummte der Räkel, seiner Betroffenheit nur mühsam Herr werdend. «Na ja», murmelte er bei sich, «daß sie Courage haben, seine Schwester und er, das wußte ich ja freilich!»

Daß der Pastor Prudens die rechte Art, mit dem Räkel in seiner Stimmung umzugehen, getroffen hatte, bestätigte derselbe ihm dadurch, daß er ihm einen von den zwei Schemeln der Hütte zuschob und, wenn auch verstockt, so doch merklich geduckt und als ein Mensch, der Verstand hatte und Vernunft annehmen konnte, sagte:

«Nun denn, so probieren Sie's in Gottes Namen, Herr, ob Sie es mit Ihrer Gelehrsamkeit besser fertigkriegen als Ihre liebe Fräulein Schwester, den zwei Waisenkindern da und ihrem Vater den Begriff davon beizubringen, daß sie alle drei im Unrecht sind mit ihrem Willen hier am Leichnam gegen das Dorf und alle Behörden, ob sie Kaiser, Papst oder Polizei und Ortsvorsteher heißen. Jawohl, Sie haben recht darin, Herr Pastor, daß es wohl billig ist, daß Fuchs sich nicht vor den Worten derjenigen fürchtet, die allein keine Angst haben vor dem Gift, das er in seinem Elend an sich tragen mag, die mit ihm aus der Flasche trinken, welche er seiner Kranken an den Hals gehalten hat, und die ihm die Hand auf die Jacke legen, welche er ihr auf ihre armen Füße gebreitet hat. Kind, Mädchen, lege dich nieder, schlaft weiter, Racker, beide; der Herr Pastor hat noch mit Papa zu reden.»

Aussehen mochten sie, wie sie wollten, gut gezogen waren sie, die zwei jungen Füchse, einerlei ob von dem Räkel oder von des Feh. Sie gehorchten aufs Wort. Das kleine Mädchen, dessen scharfe Augen gestern abend den Groschen der Reisegesellschaft zuerst im Grase der Vierlingswiese entdeckt hatten, begriff sofort, daß es nicht gut tue, den Vater und den Herrn Pastor durch das leiseste Rascheln im Bettstroh und Laub zu stören. Nachdem es wieder zu dem Bruder gekrochen war, hörte man nichts mehr von den zweien; aber die vier dunkeln Augen leuchteten wie wirkliche Fuchsaugen beim Flackern der Tannenspäne auf dem Herde aus ihrem Winkel in der Köte. Und es war vielleicht gut, daß die beiden Männer wußten, daß sie nicht unter sich allein waren. Sie vergaßen es leider doch nur zu oft während der nächsten halben Stunde.

«Volkmar Fuchs, der Herr hat Ihr Weib aus einem schweren, wilden Leben zu sich gerufen», sagte jetzt der Pastor Prudens.

«Aus einem fidelen, einem lustigen Leben, Herr. Das weiß der Himmel! Aber sie hatte sich ja ganz gut hineingefunden, Herr, hat pläsierlich ausgehalten bei Mann und Kind im Leben und Sterben – oder wissen Sie es anders?»

«Gewiß nicht, Fuchs! Sie ist Ihnen eine treue Frau gewesen und Ihren Kindern, so gut sie's sein konnte in ihrem Schicksal, eine gute Mutter. Aber haben Sie an ein solches Dach über ihrem Kopfe, an ein solches Lager unter ihrem kalten Leichnam gedacht, als Sie sie überredeten, zu Ihnen zu kommen für Gut und für Böse, für Gesundheit und Krankheit, für Leben und Tod, Volkmar?»

«Wer kann an so was denken zu seiner Zeit? Der Satan weiß es!»

«Gott der Herr, der es zugelassen hat, weiß es, Volkmar Fuchs! Er, der ihre Seele jetzt, wie wir demutvoll hoffen wollen, in seinem Frieden hält und der in dieser Stunde nur – das da, an dem du deine Erdenlust hattest, dir gelassen hat, fragt dich, ob du dich noch immer nicht bändigen kannst, ob du das, was deine Erdenfreude war, den armen Staub, dem Er Odem einblies, nun mißbrauchen willst, Ihn zu höhnen, indem du Asche zu Asche nicht versammeln willst auf Seinem Acker – Gottes Acker – in deinem kindischen Trotz?»

«*Das da!*» erwiderte der Räkel hinter seinen aufeinandergeschobenen Zähnen. «Damit haben Sie wohl das richtige Wort getroffen, Herr! Und *die da!*» (er zeigte auf die Kinder im Stroh) «und *der da!*» (er schlug sich mit der Faust, im Grimm lachend, auf die Brust) «*das*, und wenn's aufs Feine und Lustige ging, der Räkel und die Feh und ihre Brut – *das* sind wir gewesen in gesunden Tagen mitten unter ihnen im Dorfe und im Giftfieber in unserer Verlassenheit allein hier im Fuchsbau, und das wollen wir jetzt bleiben, nicht bloß ihnen zum Tort, sondern unsertwegen! Der Räkel und seine Jungen geben ihre Feh – *das da*, Herr Pastor! dem Dorfe nicht auf seinen Kirchhof, solange ich Knüppel und Handbeil halten kann und mit *dem da* umzugehen weiß!»

Bei den letzten Worten hatte er auf seiner Lagerstelle zu Füßen der Leiche unter das Laub gegriffen und hielt dem Pfarrer einen Revolver vor die Augen.

«Sechsläufig, Herr! und daß Volkmar Fuchs einen guten Treffer hat, das weiß die Bande im Dorf ja auch zu allem übrigen; aber Sie mögen dreiste, der bessern Warnung wegen, noch 'n bißchen weiter von dem Spielding zu Hause erzählen.» «Unglücklicher Mensch, man wird ins Tal um Hülfe schicken –»

«Und den Räkel wieder mal mit Stricken um die Fäuste drunten abliefern? Ja, aber erst nachher, wenn das Tier sich gewehrt hat bis auf den letzten Biß.»

«Mensch, und die Kinder? Wie lieb hat dein Weib ihre Kinder gehabt –»

Da lachte der Mann in der Fieberhütte, wie selber vom grimmigsten Fieber gepackt.

«Und abgerichtet hat sie selber sie hierzu in ihren letzten Phantastereien! Ja, bitte, fragen Sie nur die Kinder, wie leicht Waldlaub, Totenstroh, Fichtenharz und Tannenborke in Feuer aufgehen. Das besorgen sie schon mit einem Scheit vom Herde, ohne daß ich winke. Füchse schmaucht man aus; so weit sind sie aber Menschengeschöpfe, daß sie auch die höchste Behörde im Notfall von ihrer Mutter nach deren letztem, sterbenden Willen wegschmauchen und selber frei durch den Qualm springen.»

Siebentes Kapitel

Der Gebirgswind um Mitternacht hatte kein Regengewölk zusammengetrieben; im Gegenteil hatte er das Himmelsgewölbe womöglich noch reiner gekehrt und glänzender gemacht, als es am vergangenen Tage gewesen war. Nachdem er den Pfarrer auf seinem Heimwege von seinem vergeblichen Gange mit leisem, vergeblich zu Ruhe singenden Hauche begleitet hatte, war er in der Dämmerung wieder ganz still geworden.

Nun lagen die Berge schon früh in der heißesten Sonne, die Tannenwälder dufteten Weihrauch; wie Goldtropfen entquoll ihnen das bernsteinfarbene Harz. Die Quellwasser blitzten und rauschten durch Schluft und Kluft oder schlichen leise durch die bunten Wiesen. Glockengeläut klang von den zu ihren Tagesweiden aus den Tälern aufsteigenden Herden. Die Menschen nahmen ihre Arbeit auf der Oberfläche der Erde von neuem auf; unter der Erde in den Bergwerken hatte sie freilich auch durch die Nacht nicht stillgestanden.

Ob der Pastor Prudens um diese Zeit schlief, ob er überhaupt hatte schlafen können, wissen wir nicht. Aber seine Schwester nahm das erstere an, da sie an seiner Tür gehorcht hatte, ohne ein Geräusch aus seiner Kammer zu vernehmen.

«So hat ihm Gott geholfen, das starre Herz des Armen zu bewegen», sagte Phöbe Hahnemeyer. «Ich aber habe geschlafen, da ich auf seine Rückkehr warten sollte, da ich hätte wachen sollen, um mit ihm Dem zu danken, welcher ihm die Kraft dazu in sein strenges Herz legte und die rechten Worte auf seine Lippen.»

Sie stieg in den Garten hinunter und traf daselbst unter den wenigen, noch vom Vorgänger im Amte herstammenden Blumen und Ziergebüschen mit dem Gaste zusammen, der auch schon mit dem frühesten auf war.

Das junge Mädchen hätte wohl keine Rechenschaft darüber ablegen können, wie es zuging, daß es ihr jetzt zum erstenmal auffiel, wie vernachlässigt dieser Garten jedem Fremden erscheinen mußte. Als sie nun nach dem Morgengruß neben diesem jetzigen Fremden stand, fühlte sie unwiderstehlich das Bedürfnis, etwas zu ihrer Entschuldigung darüber vorzubringen.

«Ich spräche die Unwahrheit, wenn ich sagte, wir hätten nicht die Zeit gehabt, uns darum zu kümmern. Wir haben wohl nur nicht daran gedacht. Wir hatten wohl gleich vom Anfang unseres Hierseins recht viel mit den Menschen zu tun, und ich bin auch ein wenig unerfahren hierin –»

«Und die Welt rundum ist ja selbst nur ein größerer Garten!» half ihr Veit von Bielow lächelnd. «Man hat sich ja auf allen Seiten, nach allen Richtungen hin gegen das schöne Andringen von Busch und Baum und Blume zu wehren. Sie sind doch eine Gärtnerin, Fräulein Phöbe, und zwar auf einem der wundervollsten Flecke dieser Erde. Man sieht nicht aus jedem Fenster in den Häusern der Menschen in solch eine künstlerisch-glorreiche Wildnis hinein, und man hat leider nicht von jeder Tür aus so viele Wege zum Lustwandeln zur Auswahl, liebes Fräulein.»

«Wir sind diese Wege nach dieser Weise noch nicht gegangen», sagte Phöbe Hahnemeyer; und der Gast, sie fast scheu von der Seite anblickend, dachte:

«Armes Kind, unter welchen steinernen Augen und Herzen mußt du aufgewachsen sein; in was für harten Mauern hat man dich gefangengehalten!»

Laut fragte er:

«Sie wohnen schon längere Zeit hier bei Ihrem Bruder?»

«Er hat mich erst, nachdem er hier das Amt bekam, zu sich rufen können. Es sind zwei Winter –»

«Zwei Winter! ... Und Sie wohnten bis dahin –»

«Ich war Pflegerin und Lehrerin der kleinen Kinder in der Idiotenanstalt zu Halah.»

Der Gastfreund aus dem Tagesleben trat unwillkürlich einen Schritt zurück:

«Oh, da war dieser Ruf Ihres Bruders, meines Freundes Prudens, in der Tat ein Ruf der Erlösung, ein Ruf der Freiheit?!»

«Ich ging nicht gern. Die Kleinen hatten mich lieb; es ist so schwer, ihr Vertrauen zu gewinnen, und auch nicht leicht, die Ärmsten unter ihnen ohne eigenen Zorn im Zaume zu halten. Ich bin mit bangem Herzen gegangen, denn sie weinten fast alle – die, welche das können, nämlich. Ich hatte mich in sie hineingelebt.»

«Und da fürchteten Sie nun für Ihre armen Schutzbefohlenen unter der neuen Zucht Ihrer Nachfolgerin?»

«Nicht für die Kinder, denn die hat der Herr besser gewappnet, als man draußen wohl denkt, aber für die arme Schwester Therese. Es ist nicht jedem gleich leicht gemacht, seine Seele zu demütigen und sich mit allen seinen Gedanken in die Gedanken der Unmündigen des Herrn zu finden und mit sich selber ganz und gar bei ihnen in ihrem Kreise zu bleiben und ihnen zu helfen, daß sie darüber hinaussehen können.»

Des Gastfreundes Betroffenheit steigerte sich mit jedem Worte, das dieses Mädchen aussprach. Je unbefangener, ruhiger, kindlicher sie auf alle seine Fragen antwortete, desto gespannter, aber auch desto scheuer (wir wissen keinen andern Ausdruck) fragte er weiter:

«Prudens wird es sehr wohlgetan haben, Sie zur Gesellschaft und Hülfe bei sich zu haben? ... Aber er hätte Sie doch lieber im Frühling hier in die neuauflebende Schönheit der Natur versetzen sollen und nicht, wie ich Ihren Worten entnehmen muß, zu Anfang oder gar inmitten des Winters.»

«O nein! Es konnte sich gar nicht besser fügen, wenn ich ihm zur Hülfe und Gesellschaft vom guten Gott zugeschickt werden sollte. Die Winter sind gewaltige Zeichen des Herrn auf diesen Höhen. Ich gelangte nur noch mit Mühe und Not zu unserer Haustür, aber darum auch grade zur rechten Zeit. In der Nacht nach meiner Ankunft wuchs der Schnee um das Haus schon bis über die Mitte der Fenster des Unterstocks. Da öffneten wir die Tür noch einmal zu einem Wege ins Dorf. Nachher war das nicht mehr möglich, und der Schnee lag wochenlang bis an die Fenster des Oberstocks, auch bis unter das Fenster Ihrer Schlafkammer, Herr Baron. Da waren wir Geschwister freilich allein miteinander und durch den lieben Gott auf uns allein angewiesen. Denn auch mein Bruder hatte noch keinen Winter hier erlebt, da er erst mit dem Frühjahr, zu Ostern, eingezogen war in die Pfarre. Und sie hatten wohl vergessen, ihn zur rechten Zeit aufmerksam zu machen, daß er sich vorzusehen und mit allerlei Lebensbedürfnissen zu versorgen habe für den Januar und Februar, um mancherlei Unbequemlichkeiten zu entgehen. So haben wir nun einige Zeit leben müssen, als ob wir die einzigen, letzten seien, die der Herr vor seinem Wiederkommen zum Gerichte auf der Erde in Dämmerung und Dunkelheit gelassen habe. Das Öl ging uns aus, an Brod vom Bäcker war nicht zu denken; und recht unangenehm war's, als wir in den letzten Tagen unserer Gefangenschaft durch den Schnee auch kein Salz mehr besaßen. Aber wir brieten unsere Kartoffeln in der Asche, und das ist sehr gut. Und um Trinkwasser zu bekommen, brach Prudens die Eiszapfen, die er von den Fenstern erreichen konnte, rund um das Haus vom Dachrande ab.»

«So waren Sie tagelang von allem Verkehr mit der Außenwelt abgeschnitten?» rief Veit.

«Wohl einige Wochen; – wie Seefahrer, eingefroren auf einer Scholle im Eismeere», sagte Phöbe lächelnd.

«Wochenlang – in Dämmerung und Dunkelheit – eingesperrt mit keinem andern Menschenkinde als meinem Freunde und keinem andern Menschengesichte als dem Ihres Bruders – meines – sehr – guten – Freundes?!» murmelte der Gastfreund, jetzt wirklich schaudernd.

«Es war sehr lieblich und voll Segen. Mein Bruder hat mir da manche Zeichen deuten können, an denen ich bis dahin unwissend und unachtsam vorbeigegangen war. Wir haben beieinander gesessen, und er hatte Zeit für mich, mich zu belehren, und meine Seele hat sich mehr und mehr in die seinige finden können.»

«Und Sie haben es wieder möglich gemacht, auch in diesem Kreise sich des eigenen Willens zu entäußern wie unter den Idiotenkindern zu Halah – Schmerzhausen in der Übersetzung in unser Deutsch?!»

«Es hat vieles Platz in dem Ringe, den mein Bruder um sich gezogen hat. Weshalb nicht ich mit meiner unverständigen, kindischen Seele?»

«Aber die Frühlingsstürme kamen, der Schnee schmolz, oder die Bauern gruben wieder Wege durch ihn, und die Schwester und der Bruder gingen wieder aus der Tür – in die Welt – zu den Nachbarn, Phöbe?!»

«Gott ist langsam oder rasch nach seinem Willen in allen seinen Werken, in seiner Liebe und in seinem Zorn. Auch der höchste Schnee schmilzt im Augenblick vor seinem Hauch. Hier auf den hohen Bergen läßt er den Frühling in Wahrheit über Nacht kommen. Wir gruben zuerst einen Weg durch diesen Garten zu seinem Hause. Dann schaufelten die Nachbarn, welchen in ihrer Abgeschlossenheit doch Kinder geboren und Kranke gestorben waren, einen Pfad zu uns hin; aber das war eigentlich schon unnötig. Nun war es sehr schön, in wenigen Tagen die Wälle, die um uns geschichtet lagen, sinken zu sehen, bis der erste Sonnenstrahl wieder in mein Stübchen dort im Erdgeschoß fallen konnte. Rundum schüttelten auch die Tannen ihre weiße Last ab – da war schon Grün von ferne; aber köstlicher war doch der erste schwarze Fleck Erde, der dort unter den alten Gräbern des alten Kirchhofes zum Vorschein kam. Da hab ich mich wohl in die Seele derer in der Arche versetzen können, als die Taube wieder auf des Erzvaters Hand zurückflatterte und ihm ein Blatt vom Ölbaum mitbrachte zum ersten Zeichen vom Frieden Gottes mit seiner sündigen Erde. Ja, da durften auch wir wieder aus unserer Arche und Einsamkeit treten und fröhlich nicht unter die Toten auf dem wüst und leer gewordenen Acker, sondern wieder hin zu unsern lebendigen Brüdern und Schwestern; denn – solange die Erde stehet, soll nicht aufhören Samen und Ernte, Frost und Hitze, Sommer und Winter, Tag und Nacht. Mein Bruder führte mich zu den Häusern, die unsere Gemeinde ausmachen; da habe ich viel Freundliches erfahren von den Leuten, jung und alt, und mich nachher oft geschämt, daß ich doch nicht ohne Angst nach Hause kam. Es ist aber so, der Herr will uns durch unsere Schwachheit erinnern, daß wir immerdar im Gedächtnis behalten, wie wir allezeit umfangen sind in der Sünde, und daß es nur seine Gnade ist, die uns rettet in seine Versöhnung. Der farbige Bogen seines Bundes, der zuerst auf dem Gebirge Ararat stand, leuchtete auch über diesen Bergen bei unserer Heimkehr, und Prudens deutete mir tröstlich das Wort: ‹Das Dichten des menschlichen Herzens ist böse von Jugend auf; und ich will hinfort nicht mehr schlagen alles, was da lebet, wie ich getan habe. Und wenn es kommt, daß ich Wolken über die Erde führe, so soll man meinen Bogen sehen in den Wolken.›»

Der Gast fragte nicht genauer nach der Art und Weise, wie das Dorf diese Schwester und diesen Bruder bei sich aufgenommen hatte. Daß er keine Anmerkung aus der Zeitlichkeit, der Weltlichkeit, aus dem «Säkulum» machte, dazu half ihm aber ein anderer, der Vorsteher des Dorfes, welcher wieder in der Gartentür stand und den beiden seinen Morgengruß bot.

Achtes Kapitel

«Nur auf ’nen Augenblick, nur auf ein kurzes Wort, Fräulein, da der Herr Pastor wahrscheinlich nach gehabten nächtlichen Strapazen noch in den Federn liegen und ich beileibe nicht ihn daraus aufstören möchte, noch dazu da er uns ja doch keinen Schritt weiter in der verdammten Geschichte befördert hat. Sie, lieber

Herr, entschuldigen wohl, daß ich Ihnen für 'n Moment unsere, sozusagen, geistige Pfarrmutter aus der Hand nehme; ich bin gleich mit ihr fertig. Na, Fräulein Hahnemeyer, Sie wissen wohl schon im voraus, worum es sich handelt. Ich komme eben von der Vierlingswiese, und der Herr Bruder ist um Mitternacht draußen gewesen und hat natürlich bei dem verrückten Flegel, dem Räkel, in den Wind trompetet und sich die Zunge trocken geredet.»

«Ich habe meinen Bruder nach seiner Heimkehr leider noch nicht gesprochen –»

«Nun, dann kann ich Ihnen eben als das Allerneuste mitteilen, daß wir noch ganz auf dem nämlichen Flecke stehen wie gestern abend. Ich habe es mir aber gleich gedacht – unser Pastor und der Räkel?! Na, es wäre wohl eine Kuriosität gewesen, diese Unterhaltung von ferne mit angehört zu haben. Aber weiter brächte uns das gegenwärtig auch nicht; und mich brauchte ja die ganze Geschichte, wie ich über Nacht mir überlegt habe, eigentlich nicht eher zu kümmern, bis der Landphysikus heraufgeritten kommen ist und ich die Feh in der Standesamtsliste rechtlich und ordentlich in dieser Hinsicht versorgt und abgetan zu Papier und im Buche habe. Aber so ist der Mensch! Rechte Ruhe hat er nun mal doch nicht, zumal in verantwortlicher Stellung, wenn ihm so was auf der Seele und in der Feldmark liegt. Ja, wenn da mit dem Abschieben an den nächsten Nachbar geholfen wäre! Und die Heuernte liegt mir dazu auf dem Gemüte, und so hat mich die Unruhe wieder hergetrieben, da ich doch weiß, wie Sie gewöhnlich schon vor Tage zu Beinen sind, Fräulein Phöbe, ob Sie denn wirklich gar nichts weiter dazu tun können, daß uns dieses Ärgernis ohne weitern Rumor und fernere Unkosten vom Buckel genommen wird?»

«Ich?» fragte Phöbe Hahnemeyer. «Wo mein Bruder nichts ausgerichtet hat?»

«Ja, der Herr Bruder, der Pastor! ... Wenn Sie sich noch einmal rechte Mühe mit dem Untier auf der Vierlingswiese nach Ihrer Weise geben wollten!»

«Wie fände ich nun die rechten Worte, da sie mir der Herr gestern abend nicht gab, als ich dem Unglücklichen half, die Leiche zurechtzulegen?»

«Versuchen Sie es doch noch einmal, bestes Fräulein. Vielleicht ist der Herr Pastor, der Herr Bruder, doch noch nicht Trumpf gewesen, und Sie haben noch die beste Karte in der Hand. Bitte, gehen Sie noch mal hin; stellen Sie's dem Lümmel noch mal vor auf Ihre Art, wie nichtsnutzig und undankbar seine Aufführung ist. Kann denn die Gemeinde davor, daß das schlechte Leben das Fieber bringt? Daß unser Herrgott den Tod schickt? Für das Unterkommen auf der Vierlingswiese hat doch die Kommune nach Vermögen gesorgt und auch sonst nach Kräften das Ihrige getan. Und selbst wenn Sie, liebstes Fräulein, diesen verrückten Unmenschen, wie ich erhoffe, durch Ihre liebe Seele und Zurede herumkriegen, so ist ja doch auch noch an den Sarg und was sonst dazu gehört, zu denken, denn dieses nimmt uns auch niemand von der Tasche.»

«Das würde ich tun, wenn Sie mir die Freiheit gestatten wollen, Vorsteher», sagte der Gast des Pfarrhauses.

«Hochwillkommen wären Sie uns dazu, liebster, bester Herr!» rief der Vorsteher mit offenem Munde. «Ja ganz gewiß wäre das eine große Freundlichkeit und Generosität. Haben Sie das gehört, Fräulein Hahnemeyer? Und so bitte ich Sie nochmals recht höflich, helfen Sie uns zu dem übrigen! Versuchen Sie's wenigstens noch mal, daß es ohne Gewalt und Einmischung der Behörden da unten für uns abgeht!»

Aus Phöbes Augen hatte nur ein kurzer, fast erschreckter Blick den Gastfreund gestreift; die Hand, mit der sie die Tassen auf dem Frühstückstisch in der Laube ordnete, blieb ruhig bei ihrem Geschäft. Aber der Gast hatte das plötzliche Leuchten aus dem stillen Blau wohl erfaßt und hatte ein volles, freudiges Verständnis dafür. Ging man dem Dinge in der Seele des Gelehrten, des Weltmannes, des Wanderers auf den Grund, so fand man, daß die Lust, noch einen Tag oder einige Tage länger bei diesem Geschwisterpaar verweilen zu dürfen, nicht geringen Anteil an seinem überraschenden, ungeforderten ersten Eingriff in diesen seltsamen Zustand hatte, der so wenige Schritte seitab von seinem gestrigen Wege und der allgemeinen Reisestraße der Entwicklung zureifte.

Doch in diesem Augenblicke kam auch der Pastor Prudens in seinem Hausgarten an und hatte zuerst natürlich seinen Dorfgewaltigen anzuhören und ihn ausreden zu lassen.

Er sah kümmerlich und übernächtig aus, der Pastor Prudens. Seine Schwester hatte ihn nie so unkräftig, so müde abgespannt gesehen. Was konnte er erfahren haben in der letzten Nacht, das ihn so merklich verändert hatte am Leibe und, wie es schien, auch in seiner sonst so trotzigen, wehrhaften Seele?

Er ließ den Vorsteher auf sich einreden, ohne nach seiner frühern heftigen Art ihn beim dritten Wort schon zu unterbrechen und das Maßgebende lieber selber zu bemerken. Er hörte von neuem von den Molesten, die der Räkel dem Dorfe machte, und dazu von der Großmut des gegenwärtigen verehrten fremden Herrn.

Matt sich auf die Lehne eines Gartenstuhls stützend, sagte er:

«Ja, auch ich habe nichts ausgerichtet. Ich habe mir zuviel zugetraut in meiner Überhebung, und so bin ich allein gelassen worden auf dem Felde und komme als ein Geschlagener aus dem Kampfe. Der Mann im Elend der Erde hat die bessere Hand und das grimmigere Wort in seinem Streite mit uns gehabt.»

«Du hast nicht geschlafen, Prudens?» fragte die Schwester, ängstlich und zärtlich dem Bruder den Arm um die Schulter legend.

«Ihn und seine Kinder habe ich aus dem festesten Schlafe geweckt, und vergeblich – vergeblich! Er ist auch wieder eingeschlafen, mit der Axt in der Hand, vor der Leiche seines Weibes ‹Der da! Das da! Die da!› ... Ich aber habe wachend durch die Nacht gelegen und statt Gedanken nur die Worte: ‹der Räkel und die Feh – der Räkel und die Feh› im Hirne gehabt und gewälzt. Ihr Leute im Dorfe, wer soll euch nun helfen gegen eure lustigen, leider nicht vom Wind verwehten Worte?»

«Jaja», brummte der Vorsteher, kopfschüttelnd sich hinter dem Ohr krauend, «das ist freilich der Punkt und die Fatalität. Daß Sie nichts ausgerichtet haben, Herr Pastor, verwundert gewiß keinen; – eine spitze Schnauze und ein gutes Gebiß hat der Rä – der Volkmar Fuchs immer aufzuweisen gehabt, und schlimm genug hat ihm unser Herrgott in den letzten Zeiten auch mitgespielt. Man wüßte wohl selber nicht recht, was man an seiner Stelle sagte und täte; aber geholfen muß werden, und also, Fräulein, wie gesagt, wenn Sie's nun noch einmal versuchen wollten in

Güte, ehe wir die Gewalt aufbieten?! Und der verehrliche fremde Herr, wenn der vielleicht die große Güte haben wollte und sich nicht schenirte und mit Ihnen ginge, Fräulein Hahnemeyer? Der Herr kommt doch gewiß aus der vornehmen Welt, das merkt man schon an allem; und aus der vornehmen Welt stammt doch eigentlich auch ein gut Teil von des Rä – des Volkmars Boshaftigkeit. Denn wer ihn vorher gekannt hat, der muß doch sagen, trotz allem, was schon an ihm hing, daß es ihm nicht gut getan hat, als ihn der Herr Graf seines schönen Bartes wegen als Leibjäger mit nach außen nahm! Von seinen Kriegsfahrten nachher ganz abgesehen. Und also, wenn dieser Herr nun auch von seinem Standpunkt und von außen her ihm zuredete, ich glaube, ein bißchen hülfe das auch und ersparte uns viel Wüstes und viel Maulreißens draußen im Lande und drunten im Bade. Na, wie wäre es Fräulein Phöbe, und Sie, Herr Baron, – ich weiß nicht, wie ich Sie betitulieren soll?!»

«Du würdest dieses für keine Überhebung meinerseits, für kein unbefugtes Eingreifen in diese Verhältnisse und wunderlichen Zustände erachten, lieber Freund?» fragte der Professor.

Der Pfarrer, der sich müde niedergelassen am Tische und den Kopf auf den Arm gestützt hatte, hob die Stirn von der Hand und seufzte:

«Ich habe meine Unmacht zu deutlich erkannt, um irgendeinem andern, wer es sei, zu wehren, seine Kraft in diesem Schrecken der Zeitlichkeit zu erproben. Gehe, Phöbe, wie der Vorsteher es wünscht. Wie du willst, Veit! Dir mag es ein etwas ungewöhnliches Reiseerlebnis sein.»

«Ich weiß es wie du, Prudens Hahnemeyer, daß es zu den guten Werken gehört, die Toten zu begraben», sagte der Mann aus der Gesellschaft; und der Pfarrer nickte matt, ohne auf die leise Rüge in dem Tone des Jugendfreundes achtzugeben.

«Es würde freilich auch kaum Geld genug, den Sarg zu bestellen, in dem Hause auf der Vierlingswiese sein, wenn ihr mehr ausrichtetet als ich», sprach der Pastor weiter, als ob er nicht unterbrochen worden sei. «Sagte nicht der Vorsteher auch von einem Anerbieten deinerseits in dieser Hinsicht? Ich würde das im Namen unserer Gemeinde annehmen können wie – dein freiwilliges Eintreten in diese Verhältnisse und Zustände überhaupt.»

«Jawohl, mit schönstem Danke soll er eintreten dürfen, der verehrte Herr!» rief der Vorsteher. «Wenn er unsere Zustände und Verhältnisse hier oben bei dem Ackerboden und unter der Erde bei diesem Kümmernis im Bergwerk besser kennte, würde er noch viel genauer wissen, wie nötig wir's haben, daß uns dann und wann einer, und zumal in solchem Falle, mildtätig unter die Arme greift. Nun, auf den Herrn hier verlasse ich mich schon; er frißt es beim Räkel durch, und der Herr Physikus wird ja wohl auch bald heraufreiten, der mag denn den Totenschein ausstellen – Herr Gott im Himmel, mit einer niederträchtigeren Last vom Herzen ab will ich noch niemals mit dem Tischler die nötige Besprechung von wegen der notwendigen acht Bretter vorgenommen haben, als wenn der gnädige Herr hier und Fräulein Phöbe mit der Siegesfahne gewehet haben von der Vierlingswiese her!»

«Die Besprechung mit dem Meister Tischler würde ich im günstigen Falle doch lieber ebenfalls auf mich nehmen, Vorsteher», meinte Veit lächelnd. «Im, wie Sie sich ausdrücken, günstigen Falle gewinne ich doch gewissermaßen ein gewisses Bekanntschaftsrecht in hiesiger Gemeinde, und das möchte ich dann nach allen Seiten möglichst weit ausdehnen.»

«In meinem Anwesen sollen Sie mir höchlichst willkommen sein, liebster Herr», sagte der Vorsteher, und da er fürs erste nichts mehr mit dem Pfarrhause zu besprechen hatte, nahm er seinen Abschied – kurz von dem Pastor, mit mehr Höflichkeit von dem Fräulein und aufs allerhöflichste von dem «splendiden» Fremden, der wie kein anderer, seit er, der Vorsteher, hier großgeworden war, in ähnlicher Weise sich ein «kurioses Reiseplesier für sein Geld gemacht» hatte.

«Dazu gehört auch die veränderte Welt da unten vor den Bergen, daß sie uns dergleichen Gesellschaft auf ihre Kosten herschickt, um sich so ihren Spaß bei uns zu gestatten», meinte er im stillen. «Ein jedes von dem, was hier so im Sommer durchzieht, täte es auch nicht; aber was uns selber da unten betrifft, als wie Amtsrat, Superdent, Badeinspektor, Doktor und Apteker, denen hätte ich mal mit dem Antrag kommen sollen, dem Räkel für seine Feh den Sarg auf sich zu nehmen! Zu so was muß man eben weit her sein!» –

Sie saßen nun, da auch das doch sein Recht verlangte, um den Frühstückstisch, zwischen wortkarger Unterhaltung jeder seine Gedanken für sich bewegend. Für alle war es gewissermaßen eine Erleichterung, als der Landphysikus Doktor Hanff um die Kirchecke ritt, abstieg, seinen Gaul an den Pfarrgartenzaun band und das erste gleichmütige Gesicht des Morgens zu dem tragischen Spiel mitbrachte. Zur gewohnten Stunde war er ins Dorf auf die Praxis gekommen, hatte alles ziemlich wohl gefunden, aber jedes Haus voll von den Geschichten der Vierlingswiese.

«I, i», hatte er gesagt. «Na, da muß denn mal wieder der Doktor dran, Vorsteher. Aber mit den Herrschaften im Pastorenhaus will ich vorher doch noch ein Wort reden, und wäre es auch nur, um mir diesen kuriosen zugereisten Begräbnisamateur etwas genauer auf seine Liebhaberei oder Großmut ansehen zu dürfen.»

So ließ er sich gemütlich in der Laube des Pfarrgartens noch eine Tasse Kaffee gefallen und sah sich den Professor Freiherrn Veit von Bielow etwas genauer an; aber auch Veit sagte sich bald: «Endlich aus dem laufenden Leben der Tage ein sogenannter vernünftiger Mensch!» Somit geriet auch er rasch in eine lebhafte Unterhaltung mit dem Arzt über das drängende Thema dieses Tages – den Räkel und seine Feh, und wie den beiden am besten beizukommen sei. Eine Unterhaltung, in welcher der Doktor das letzte Wort behielt, indem er, fast um alle seine Jovialität gebracht, rief:

«Ich werde zuerst noch mal mit dem verrückten Kerl – wollte ich sagen, dem armen Teufel, Fräulein Phöbe, sprechen, und zwar Raison! Jedenfalls bitte ich vor allem Sie, Herr Professor, aber auch Sie, gutes Kind, sich nicht eher von neuem zu bemühen, bis ich mit meinem Resultat von der Wiese zurück bin. Meine gesundheitspolizeilichen Gründe brauche ich wohl nicht weiter anzudeuten, Pastor Hahnemeyer?»

Neuntes Kapitel

Nach kaum einer halben Stunde war der Doktor zurück, und zwar in einer erklecklichen Aufregung trotz aller langjährigen Praxis und Lebenserfahrung, trotz allem angeborenen und zuerworbenen Phlegma.

«So etwas ist mir doch in meinem ganzen Leben noch nicht passiert!» rief er schon von weitem. «Auf nichts soll man sich verschwören. Der reine, pure Satan! Und da rühmt man sich, während eines zwanzigjährigen Landphysikats einen Einblick in ihre Seelen hier gewonnen zu haben, und muß sich durch solch einen Kerl, solch einen Tollhauskandidaten angrinsen und die Faust unter die Nase halten lassen!»

Nun saß er wieder mit am Tisch, schnaubend, schwitzend, ergrimmt und doch zugleich zusammengedrückt, sozusagen klein gemacht, und mit bedeutend gedämpften und klagender gewordenen Redeorganen.

«Ja, wenn man noch behaupten könnte, daß einem das Tier in seiner Unvernunft oder dem, was es seine Berechtigung nennt, nicht imponiere!» seufzte er. «Da rede man Sanitätspolizei, wissenschaftliche Erfahrung und wohltätige staatliche Absichten zu solch einem Wilden im Walde. Er weiß auch mir gegenüber nichts anderes, als was er wahrscheinlicherweise auch den Herrschaften hier und dem Vorsteher – jedem nach dem Maße seiner Zuneigung zu ihm – vorgetragen haben wird: wir haben die Familie Fuchs im Leben nicht unter uns haben wollen, sie will jetzt im Tode nichts mit uns zu schaffen haben. Lieber auf dem Miste als auf dem Kirchhofe bei den anderen! Jeder für sich und der böse Feind – mit Ihrer Erlaubnis, Pastore – für uns alle! Und Dinte und Feder? Es ist lächerlich, um Feder und Dinte sollte ich da nun den Räkel in seinem Bau auf der Vierlingswiese von Rechts wegen ersuchen, um ihm den Totenschein seines Weibes an Ort und Stelle für das Zivilstandsregister auszustellen! Papier? Es ist mir selten so deutlich gemacht worden, Herr Professor, wie wenig man dann und wann damit leistet, daß man die Papiere in Ordnung hält. Ja freilich, für mich in meiner Amtsverantwortlichkeit könnte die Sache eigentlich natürlich erledigt sein, wenn ich jetzt den Herrn Pastor um das nötige Material anginge, ihm und dem Vorsteher bezeugte – schriftlich –, daß die Feh mausetot sei, und es ihnen überließe, sich auf diesen ihren Schein zu stellen. Es ist und bleibt eine heillose Historie nach allen Richtungen, und übrigbleiben wird nach meiner nunmehrigen Okularinspektion der Sachlage wahrscheinlich wirklich nichts weiter, als daß man ein Kommando Landjäger so rasch als möglich heraufzitiert aus dem Tal auf die Vierlingswiese, wenn dieser Wahnsinnige nicht binnen den nächsten drei Stunden noch gütlich herumgekriegt ist. Sie erlauben wohl, Pastor, daß ich den vorhin erwähnten Schein an Ihrem Schreibtische ausfertige; nachher bitte ich Sie, ihn dem Vorsteher zuzustellen. Was ich sonst hinzutun könnte, weiß ich wahrhaftig nicht.»

Der Pfarrer nickte zustimmend, was seinen Schreibtisch und sein Dintenfaß anbetraf; dann rief er unmutigst in seiner eigenen Ratlosigkeit:

«Dieses ist freilich schlimmer als sonst etwas, das ich bisher hier sah, hörte und mit zu tragen hatte! Gott habe Geduld mit uns allen und mit diesem Wütenden und gehe mit ihm nicht ins Gericht um seiner Lästerungen willen. Es ist mir entsetzlich; aber es wird uns nichts übrigbleiben, als das Schwert gegen ihn anzurufen. Er hielt mir seine Flasche im Hohn hin gestern nacht, und ich habe daraus getrunken, um mich gegen ihn stark zu halten und Brüderschaft mit ihm in seinem Elend zu machen. Es hat mir nichts geholfen. Er fühlt sich jetzt zu wohl und sicher in seiner Ausgestoßenheit und triumphiert aus ihr und der Verwesung uns an wie aus der festesten Burg dieser Welt.»

«Um zehn Uhr fällt meine Sprechstunde drunten am Brunnen», rief Doktor Hanff nach der Uhr sehend. «Sapperment, schon drei Viertel auf neun! Da muß ich reiten, so gern ich hier noch ferner mit Rat und Tat zur Hand sein würde. Wirklich helfen zur Lösung könnte ich freilich meiner jetzigen Ansicht nach nur, wenn man mich sofort die nötige Meldung an die nächstschreibende zuständige weltliche Gewalt ausrichten ließe. Nun, jedenfalls nehme ich für meine liebenswürdigen, aber leider nicht selten mit der Länge des Tages sich mühenden Promenadepatienten ein recht interessantes Unterhaltungsthema mit hinunter. Werde unbedingt die mannigfaltigsten politischen, sozialen, religiösen und ethischen Belehrungen aus den Betrachtungen der verehrten Damen und Herren schöpfen. Eine fatale Geschichte! Wahrhaftig, eine nette Dorfidylle! Nun, ich empfehle mich wenigstens dem Frieden dieses Hauses und werde unbedingt morgen früh wieder vorsprechen. Küsse die Hand, Fräulein Phöbe. Sonsten ist meine Ansicht – ceterum censeo, wie der alte Meidinger, ne, der alte Cato sprach – wiederhole Ihnen, Pastore, dringend meine Mahnung, frühzeitig genug auch ein wenig sich Ihrer selber zu erinnern und mir vorzüglich auf Ihre Leber zu achten. Herr Professor, es ist mir ein Vergnügen gewesen; – Sie wollen uns einige Zeit dort unten im Bad die Ehre schenken; nun, dann treffen wir ja jedenfalls noch öfter miteinander zusammen – sehr angenehm dann, mit Ihnen inmitten unserer Zivilisation und auf der Höhe der Saison diesen mißlichen Kasus zu bereden. Vor allen Dingen und unter allen Umständen möglichste persönliche Behutsamkeit im Verkehr mit der Vierlingswiese, meine lieben Herrschaften.»

Er war fort. Wie es schien, hatte er in der Tat Eile, den aufregenden Unterhaltungsstoff seinen exotischen Bekanntschaften der bessern und besten Stände drunten im Bad so frisch als möglich zu überliefern. Das Pfarrhaus mit seinem Gaste war wieder allein der grimmigen Tatsache gegenüber, daß der Räkel an der Leiche der Feh mit der Holzaxt und dem Revolver Wache halte.

«Nun möchte ich gehen, Prudens», sagte Phöbe leise.

Der Pfarrer hatte in das Gebüsch der Laube ihm zur Seite gegriffen und zerbrach einen kräftigen Stammast. Er hatte die Zähne auf die Unterlippe gesetzt, es zuckte ihm durch die Schultern, und nun sagte er rauh und kurz:

«Versuche dein Heil!»

Er erhob sich schwankend und wie zerbrochen im grimmigen körperlichen Kampf und mit Unmut, dem Zorn in seiner eifernden, erfolgsbedürftigen Seele.

«Der Herr hat mein Wort und meinen Willen nicht gewollt. Ich will versuchen, ihn zu bitten, daß er dir gnädiger sei, Schwester. Gehe, Kind!»

Er ging nicht wie ein Sehender; wie ein Blinder tastete er sich durch fröhliche Licht- und Schattenspiele des Sommermorgens auf dem Gartenpfade zum Hause zurück und verriegelte sich in seiner Stube. Wie weit und glänzend die Welt vor den Fenstern derselben ausgebreitet liegen mochte, sie hatte nur Angst und Bitterkeit für ihn; und was das schlimmste war, er wendete ihr den Rücken im gekränkten Selbstgefühl, im gedemütigten Stolz. Er haßte in diesem Augenblick den Räkel, über den der Vorsteher und das Dorf sich nur ärgerten, und zwar in respektvoller Scheu, nachdem sie vorher ihren Spaß an ihm gehabt hatten.

Der Gastfreund hatte dem Jugendfreund mit aufrichtigem Mitleid nachgeblickt, nun sah er wieder der Schwester desselben zu. Sie hatte den Bruder mit den Augen auch bis zu der Hauspforte begleitet, aber ohne Erregung und Bangen, und jetzt setzte sie mit ruhiger Hand die Tassen, Kannen und Teller des Frühstückstisches zusammen und faltete zierlich das grobe Tafeltuch. Systematisch-nonnenhaft und doch mit aller bedachtsamen Hausfrauenerfahrung und Geschicklichkeit ordnete sie alles in einem Handkorbe, trug denselben ins Haus und kam mit gleichruhigem Schritt im leichten Strohhut zurück und zeigte erst dann einige Betroffenheit, als sie den Gast mit seinem Hute in der Hand an der Gartenpforte zu ihrer Begleitung wartend fand.

«O nein! ... Ich bitte; doch lieber nicht!» sagte sie. «Der Herr Doktor hat uns eben ja noch einmal anempfohlen, ja recht vorsichtig zu sein.»

«Und deshalb wollen Sie die Ehre dieser Gefahr allein für sich behalten oder sie nur mit Prudens teilen, Phöbe?»

«O nein. Und da ist auch keine Ehre. Es ist nur unrecht, daß sich einer unnötigerweise in Gefahr begibt, der vielleicht seine Verpflichtungen gegen so viele liebe Verwandte und Freunde in seinem Leben hat und morgen weit weg ist von dem armen Fuchs und seinen Kindern, während mein Bruder und der Herr Doktor und der Vorsteher und das Dorf und ich bei ihnen bleiben und mit ihnen weiterleben und, wenn es Gottes Wille ist, um sie her krank werden.»

Veit von Bielow schüttelte melancholisch lächelnd den Kopf.

«Meine Familienverbindungen sind mir kein Hindernis, Fräulein Phöbe. Ich trage zwar einen vielverbreiteten Namen, und manche nennen mich Cousin oder Herr Vetter, aber ob sie eigentlich ein Recht dazu haben, hat kein Stammverwandtschaftshistoriograph ganz unzweifelhaft ins klare gebracht. Jedenfalls habe ich nicht Eltern noch Geschwister und darf mich also als meiner Familie letzten rechnen. Und meine guten Freunde draußen in der Zeitlichkeit hindern mich auch nicht, Ihnen den Volkmar Fuchs durch meine Überredungsgabe auf bessere Wege bringen zu helfen. Was das übrige anbetrifft, so habe ich aus touristischer Wißbegierde oder, wenn Sie lieber wollen, aus Neugier die Pestspitäler zu Damaskus und die Moschee der Aussätzigen in Kairo besucht; und – glauben Sie mir, liebes Fräulein, der Vorsteher verläßt sich fest darauf, daß ich sein Dorfgespenst auf der Vierlingswiese mit beschwöre und mit versuche, dem Fuchs den Sarg für seine arme Feh annehmbar zu machen.»

«Ich weiß nicht, was ich Ihnen noch sagen könnte», sprach Phöbe leise. «Ich wußte gestern noch nichts von Ihnen, und nun sind Sie mir wie ein alter Bekannter; und ich weiß auch nicht, ob Gott Sie nicht deshalb grade jetzt zu uns gesendet hat, um uns in unserer Schwäche zu helfen, und ob es keine Vermessenheit von mir wäre, gegen seine Güte und Weisheit mich zu wehren.»

Sie schritten schon Seite an Seite aus dem Schatten, den die Kirche auf sie und den versunkenen Dorfgottesacker warf, in die Sonne des Sommertages. Der aber, welcher in diesem Augenblick noch Sinn und Gefühl für die Außenschönheit der Welt haben konnte und hatte, würde es für eine Heiligtumsentweihung gehalten haben, das stille sichere Herz, das auf diesem Wege neben ihm pochte, auch auf die große, schöne Gleichgültigkeit der Natur aufmerksam zu machen.

Durch den letzten Tau des Morgens gehend, dachte er nur bei sich selber:

«Und demnächst werden sie nun drunten vor dem Kurhause und an dem Brunnen den Landphysikus Doktor Hanff von dieser Geschichte erzählen hören, und dieselbe wird ihnen unzweifelhaft sehr interessant sein und vielleicht auch Valerie zum Hinhorchen, über ein Zeitungsblatt oder über die Unterhaltung im näheren Kreise der Bekanntschaft weg, veranlassen.»

Zehntes Kapitel

Sie redeten nicht weiter miteinander, Veit und Phöbe, weder zwischen den Gärten noch unter der Schutzwand vereinzelter hoher Bergtannen, die, wie wir wissen, die Vierlingswiese von dem Dorfe trennte. Als wir diese Tannen gestern mit den beiden durchschritten, leuchtete die Abendsonne um die braunen Stämme, und nun der helle, klare Tag.

Mit der Wiese hatten sie des Räkels und der Feh letzte Haushaltung am Rande des wirklichen Waldes gleich vor sich, wie wir ebenfalls schon wissen; und schön und duftend und glanzvoll war der Platz um diese Stunde, das mußte man ihm lassen.

Kaum vernehmlich rieselte der kleine Bach zwischen seinen Kressen und Vergißmeinnicht und durch das hohe Gras und gurgelte nur hie und da leicht verdrossen um einen Stein im moorigen Grunde. Im Grase hüpfte und zirpte es, und unzählbares Leben freute sich der Sonne und der heißen Luft. Die Schmetterlinge flatterten über den Blumen und tauchten ihre Saugrüssel in einen Honigkelch nach dem andern. Ob sie sich darum neideten und stritten wie Menschen, können wir nicht sagen; aber daß sie sich wie Menschen im zierlichen Liebesspiel, aufsteigend zum Blau und niederfallend ins Grün, umtanzten in den heißen Lebenslüften, das war unzweifelhaft.

Und der dunkle, böse Fleck in all dem Licht und Leben?

«O wie entzückend!» hätte bei der jetzigen Morgenfrische und Beleuchtung Fräulein Lili mit noch mehr Berechtigung als gestern abend ausrufen dürfen. Kein ander Bauwerk der Erde hätte so hübsch «zum Küssen» da in den letzten Nebelhauch aus dem Hochwalde und in das Sonnengeflimmer der Wiese hingepaßt wie diese Rasen- und Schindelhütte mit dem dünnen blauen Rauchwölkchen über ihrer Spitze.

Von ihren Bewohnern war nur das kleine Mädchen zu sehen, als Veit und Phöbe die Vierlingswiese betraten. Es stand an die Türstangen gelehnt, und als es die Kommenden erblickte, hielt es erst einen Augenblick die Hand über die Augen und wendete sich dann, um, wie es schien, in das Innere der Köte etwas hineinzusprechen. Dann wurde es wahrscheinlich von drinnen gerufen; – es verschwand rasch in dem düstern Raume, ehe man ihm zuwinken konnte; aber niemand hinderte auch das junge Mädchen und ihren Begleiter, dieser seltsamen Verstörung so nahe es ihnen beliebte zu gehen und nun ihrerseits den Kampf mit ihr aufzunehmen.

Noch einmal, zehn Schritte von der Fieberhütte, blieb Phöbe Hahnemeyer stehen und sah den Mann neben ihr ängstlich, fragend, bittend, aber stumm an; als er jedoch nur freundlich, ruhig den Kopf schüttelte, sagte sie laut: «Im Namen Gottes!»

Auf ihrem feinen Gesichte regte sich nun nichts mehr. Sie zögerte keinen Moment auf der unheimlichen Schwelle, sie zog ihre Kleider nicht fester an sich, und der Gastfreund trat ihr nach, nun doch mit dem Herzen in der Kehle, nicht aus Scheu vor dem Schrecken da drinnen, nicht aus Besorgnis um das eigene Dasein, sondern in Ehrfurcht und aus Freude. Aus stolzer menschlicher Freude an dem selbstlosen, unbewußten Heldenmut, der ihm hier den Weg zeigte. –

Wir waren mit Prudens Hahnemeyer gestern um Mitternacht im Innern der Hütte und haben schon erfahren, wie Licht und Luft von allen Seiten Zutritt hatten. War bei der Nacht die Luft in dem schlimmen Raume rein und frisch gewesen, so war sie jetzt völlig berauschend; und daran war die wunderliche Arbeit und Tätigkeit des Räkels und seiner Jungen seit Sonnenaufgang schuld.

Trotz aller Merkwürdigkeiten, die Herr Veit von Bielow auf seinen Reisen in fernen Ländern, unter fremden Völkern gesehen haben mochte, mußte ihm doch der erste Rundblick in diesem Zeltraum inmitten der höchsten Zivilisation der gegenwärtigen Menschenwelt überraschend sein.

Noch lag die Leiche der Feh eingewickelt in das schlechte, übel zusammengenähte Leintuch ihres letzten Lagers; aber der Fuchs und seine Kinder waren auch noch bei der Arbeit an ihrem allerletzten Schmuck. Auf weit entlegenen, barbarischen Inseln mochten wilde Indianer so die letzte Hülle für ihre Toten aus tropischem Rohr und aus Palmblättern und dergleichen flechten. Der wilde Mann im Bann der Natur und Kultur Europas nahm, was ihm um sein indianerhaftes Dach und Gestänge wuchs, Tannenzweige aus dem Forste, Binsen aus dem Sumpfe, Blätter und Blumen aus den Waldtälern und von der Vierlingswiese. Die Vierlingswiese hatten die Waisen der Feh um Sonnenaufgang schon halb kahlgerupft und blühende Heide und gelben Fingerhut in Strängen zu Leichenbinden für die tote Mutter gewunden. Und sie waren noch immer in dem überwältigenden Duft- und Farbenüberschwang am Geschäfte; und weder der Vater noch die Kinder wollten sich durch irgend jemand in der Arbeit stören lassen. Es machte auch einen ganz eigenen Eindruck, daß Volkmar Fuchs, nur den fremden Herrn mißtrauisch von unten auf anschielend, ruhig, freundlich und gelassen von seinem Sitz am Herde der Besucherin zunickte und ohne eine Spur von Trotz und Widerspenstigkeit sagte:

«Sieh, sieh! Guten Morgen, Fräulein Phöbe!»

«Guten Morgen, lieber Freund», sagte Phöbe Hahnemeyer. «Sie müssen es aber mehr als den gewöhnlichen Gruß sein lassen, Volkmar, und Frieden mit uns machen. Sie haben mir eben keine guten Stunden zu so gutem Wunsche bereitet. Zu dem Vorsteher haben Sie gestern abend böse Worte gesprochen, zu meinem Bruder in der Nacht noch viel bösere und auch den Herrn Doktor Hanff, der doch ebenfalls immer Ihr Freund gewesen ist, haben Sie höhnisch angelassen, Herr Fuchs. O bitte, tun Sie nun so nicht zu mir!»

«Gewiß nicht, Fräulein; – habe ich denn das je getan?»

«Nein. Und deshalb habe ich auch keine zu große Angst bei den Nachrichten der Männer gehabt, die Sie von dieser Stelle weggeschickt haben. Die haben es nur nicht recht anzufangen gewußt, habe ich mir gedacht, und deshalb bin ich jetzt auch zu Ihnen gekommen, um mit Ihnen zu sprechen.»

«Es wird aber auch Ihnen nichts helfen, Fräulein Phöbe, wenn es über das alte Thema ist. Und dann – dann weiß ich auch nicht, wer der Herr da bei Ihnen ist, und weshalb er mir die Ehre bei so gefährlichen Umständen schenkt, oder was er sonst beim Räkel zu suchen hat. Kommt er vielleicht schon vom Amte?»

Phöbe sah auf den Begleiter, wie um ihn zu bitten, sie zuerst reden zu lassen.

«Er hat, da er von Ihrem Schicksal und Verlust gehört hat, Mitleiden mit Ihnen wie so viele andere. Auch er möchte gern Ihnen und uns zu Hülfe kommen. Er hat auf der Reise zufällig bei uns vorgesprochen und meinen Bruder als seinen Jugendfreund von der Universität her besucht und die Nacht bei uns zugebracht. Da hat er alles von Ihrem großen Unglück gehört, und gestern, als Anna gestorben ist und ich zu spät gekommen bin, hat er vor Ihrer Tür gesessen und ist mit mir nach Hause gegangen und kennt Ihre ganze Geschichte. Und da der Vorsteher, wie Sie ja wissen, Volkmar, in allen Geschäften das Herz auf dem Ärmel hat, so weiß dieser Herr, der Herr Professor von Bielow, auch in unseren Geldsachen Bescheid und weiß, daß mein Bruder und ich wohl so arm sind wie Sie, Herr Fuchs. Und so hat er aus mildem Herzen seine Aushülfe uns und Ihnen angeboten. Und nun komme ich mit ihm und bitte, daß Sie ihm erlauben wollen, daß ich meine arme, liebe Anna in den Sarg legen helfe, den er für sein Geld uns anschaffen möchte.»

Der Bewohner der Köte, ohne seine Arbeit an seiner europäischen Totenmatte einzustellen, betrachtete sich den Gast von neuem von oben bis unten und wieder von unten bis oben; dann murmelte er:

«Das ist auch nur ein Reisespaß! Als mich der Herr Graf meines schönen Bartes wegen aufs Probejahr mit in die Residenz nahm, habe ich dergleichen wohl erfahren und auch selber ein paar Male dabei mithelfen müssen. Das ist mir nichts Neues, welche Späße sich die Herrschaften aus Langerweile zu machen belieben. Das hilft der Anna und mir und den Kindern gar nicht aus der Ärgernis! ... Daß er, der Herr, sich auch nicht vor der Ansteckung vom Fieber durch uns fürchtet, das wäre schon etwas mehr; aber es ist doch auch nichts. So couragierte Herren gibt es viele in der Welt. Ist einer und bedeutet einer in der Welt was, so macht sich das, wie ich aus meinen Kriegs- und Herrendienstjahren in Erfahrung habe, ganz von selber. Und – Fräulein, mein liebes Fräulein Phöbe, couragierte Frauen sind ihrer noch viel mehr. Wenn es hier und diesmal auf die Courage ankäme bei Tagen und Nächten, liebstes Fräulein, wen brauchten Sie da noch zur Hülfe, um den Volkmar Fuchs aus seinem Zorn und Gift zu reißen? Schönen Dank, Herr; aber die Feh will ihren Sarg nicht geschenkt.»

Phöbe legte dem Mann, mit dem sich jetzt in seiner Gelassenheit noch viel übler handeln ließ als in seiner Wut, die Hand auf die Schulter:

«Volkmar, Volkmar, wie unsere Tote, unsere Anna in ihren letzten schlimmen Träumen gesprochen haben mag, Sie sollen jetzt nicht so ihre armen, kranken Worte festhalten und für ihren Willen eintreten. Der Herr, der allmächtige Gott, hat seinen Willen kundgetan; er hat die Gedrückte und Umgetriebene ihrer Ketten entledigt und ihrer Bangigkeit und ihren Schmerzen auf Erden Einhalt getan: armer Mensch, wer gibt Ihnen das Recht, jetzt noch im Namen Ihrer Frau für diesen armen Staub zu sprechen?»

Der Räkel hatte sich unter der leichten Hand geduckt und den Kopf tiefer auf sein Geschäft gebeugt, nun stand er auf von seinem Sitze und stand mächtig vor den beiden.

«O Fräulein, ich sage mir das ja selber; aber es hilft mir nichts, selbst wenn Sie es mir sagen. Es ist ja nicht der Sarg und seine Kosten, es ist der Platz! Ich bin ein wilder Mensch gewesen, aber kein Vieh; sie aber haben uns, den Räkel, die Feh und ihre Jungen, lange vor dieser Krankheit zu dem Vieh gezählt, und dabei soll es nun verbleiben. Wenn es so ist, wird Ihr Herrgott, bestes Fräulein Phöbe, die Anna Fuchs am jüngsten Gerichtstage auch im Walde finden; und ist's so nicht, so ist's so auch recht – mir vollständig! Und was den Herrn Professor hier anbetrifft, so will ich dem noch einen besseren Spaß vorschlagen; nämlich er schenkt mir heute abend so nach zehn Uhr nochmals die Ehre. Dies bleibt aber unter uns! – Nicht wahr? Das Mädchen kann mit der Laterne mitgehen, der unvermuteten ehrenvollen Begleitung wegen. Der Junge und ich brauchen das Licht nicht. Aber der Junge ist erst sieben Jahre alt und wohl noch ein wenig schwächlich für das Geschäft. Will der Herr ihm und mir mit seiner Mutter in die Wildnis helfen und auch beim Graben helfen, so will ich seine Hülfe mit Dankbarkeit annehmen, da er aus der Fremde kommt und nichts mit der Schufterei rundum zu schaffen hat. Das ist das letzte, was ich der Polizei und dem Dorfe anbiete.»

«Ein vernünftiges Wort will ich statt dessen noch mit Ihnen zu reden versuchen, Herr Volkmar Fuchs», sagte Veit Bielow laut, während er im stillen dachte: Wie weit kämen wir hier mit der Vernunft? – «Mit dem Dorfe», fuhr er fort, «mit der Polizei, dem Vorsteher, dem Herrn Pastor, kurz was man so im allgemeinen die ganze Menschheit nennt, wollen Sie nichts mehr zu tun haben. Sie glauben von alledem schlechter behandelt worden zu sein, als sich für Ihre Aufführung gebühre. Wieweit Sie zu diesem Glauben berechtigt sind, kann ich nicht wissen, da Sie eben selbst ganz richtig bemerkten, daß ich mit der hiesigen Schufterei nichts zu schaffen habe. Ich nehme an, daß Sie vollkommen in Ihrem Rechte sind und daß es sehr unrecht von den Leuten war, einen Ortsscherz aus Ihrem Namen zu machen und Sie als den Räkel im Dorfe und im – Walde herumlaufen zu lassen. Daß Sie übrigens nicht ohne Nutzen mit Ihrem Herrn Grafen Ihres schönen Bartes wegen draußen in der größeren Welt gewesen sind, Herr Fuchs, habe ich auch bereits bemerkt. Doch das ist einerlei; Sie stehen nun einmal auf dem Kriegsfuße mit Ihren Ortsgenossen, früheren besten Spielkameraden und guten Nachbarn, und Sie geben nicht nach. Sie wollen Ihr Weib im Tode nicht Hügel an Hügel, Kreuz zwischen Kreuzen in der Gemeinschaft derer haben, die ihr vielleicht im Leben aus dem Fenster nachlachten oder sie aus ihrer Tür stießen. Nun wohlan, Volkmar Fuchs, für den Spaß auf der Wanderschaft über diese harte Erde habe ich nie viel Geld übrig gehabt, wohl aber dann und wann einiges für den Ernst, den bittern – bitterstten Ernst! Hat die Anna Fuchs in ihrer letzten Stunde gerufen, daß sie nicht zwischen ihren Feinden liegen möge, so wird sie nichts dagegen einzuwenden haben, allein gebettet zu werden mit einem freien Platz zur Rechten und zur Linken, wenn nicht für ihren Mann, den Räkel, und ihre Jungen, so für ihre Freunde – die Phöbe Hahnemeyer und den Veit von Bielow zum Beispiel! Haben Sie, Phöbe, etwas dagegen einzuwenden, daß wir beide der Armen zu einer Schutzwehr dienen – nicht gegen ihre stillen Nachbarn dort auf jenem ruhigen Gartenfleck, sondern gegen den bellenden Zorn und verstockten, kindischen Groll dieses unzurechnungsfähigen Menschen?»

Das Wort klang hell, lebensfrisch – wie vollkommen überlegen der Stunde, dem Zustande, der Umgebung – durch den bösen Raum.

«Ich weiß nicht, wo der Herr – der barmherzige Gott mich sterben lassen will!» flüsterte Phöbe so jäh erschreckt – bleich, die zitternden Hände vor sich erhebend.

«Ich weiß es ja auch nicht», sagte der Mann aus der Zeitlichkeit gleichfalls in leiserm, scheuerm Ton, «ich weiß nicht, wo und wann; – nehmen Sie es auch bloß als ein Symbol, Phöbe, daß wir uns im Grunde unserer Seele zu ein und demselben Sehnen nach ein und demselben Reiche der ungestörten Ruhe, des ewigen Friedens bekennen.»

«Ich möchte erst meinen Bruder fragen, ob dieses keine Sünde, keine schreckliche Verwegenheit von uns ist!» rief Phöbe mit stokkender, bebender Stimme. «Das liegt wie ein schwarzer Schlüssel vor mir am Boden, und ich weiß nicht, ob das recht ist, daß wir uns so, vielleicht vor der Zeit, nach ihm bücken und ihn aus der Sonne und dem grünen Grase aufheben!»

«Sie sind wieder in Halah – Schmerzhausen – unter den Idioten, liebe, gute, mitleidvolle Nachbarin im Tage, im Dasein, im Leben! Ich aber möchte Ihnen diesmal zu Hülfe kommen, um den Unmündigen zu helfen auf dieser schmerzenreichen Erde, auf der teilnahmslos in der Sommermorgensonne lachenden Vierlingswiese. Wollen Sie meine Hand dazu annehmen, Phöbe Hahnemeyer?»

«Ja!» sagte die Schulschwester aus Halah nach einem nochmaligen kurzen Zögern vollkommen in ihrer gewohnten Ruhe und Sicherheit. Der Gastfreund streckte ihr die Hand zu, doch vergebens. Das junge Mädchen legte die ihrige auf die verhüllte Leiche ihr zur Seite; aber der Zuchthäusler, der Wilddieb, der Ausgestoßene der Gemeinde, Volkmar Fuchs, hielt die seinige her und rief:

«Herr, das ist gewißlich kein Spaß mehr! Herr, wo haben Sie das gelernt, mit unsereinem umzugehen? Sie sollen lange leben, meinesgleichen zur Besinnung zu bringen! ... Schicken Sie den Sarg und die Träger – wen Sie wollen – aus dem Dorfe! Und Sie, Fräulein Phöbe, grüßen Sie den Herrn Bruder, den Herrn

Pastor, und bestellen Sie ihm: Sie hätten den Räkel überwunden, und er gäbe seine Feh her; und wenn vorige Nacht ein Wort zuviel gesprochen wäre, so sollte das zurückgenommen sein, Volkmar Fuchs halte den Kopf auf den Knien zwischen seinen beiden Fäusten und habe lange zu kauen, bis er's wieder klein gekriegt habe, welch eine Jammerkreatur und armer Halunke er sei gegen die wirklichen Herrschaften da draußen in der Welt!»

Elftes Kapitel

«Ich meine», sagte Veit, «wir lassen nunmehr den Bruder und meinen guten Freund Prudens für die nächsten Wege ebenfalls noch ganz aus dem Spiel; außer daß wir ihm vielleicht eines von diesen Kindern schicken, um ihm zu bestellen, daß auf der Vierlingswiese alles in Ordnung gebracht sei. Es gibt wohl noch einen anderen Weg zum Vorsteher und dem Meister Schreiner im Dorfe als den an der Pfarre vorüber?»

Phöbe nickte und sagte:

«Wie Sie wünschen. Ich bin so glücklich und Ihnen so dankbar!»

«Weil ich Ihnen in der Torheit und im leeren Pathos des Moments eine Grabstelle auf dieser schönen Erde inmitten dieses holden Sommers und in der Blüte Ihrer neunzehn Jahre im voraus mit Beschlag belegt habe?» murmelte Veit, jetzt mit innerlichstem Selbstvorwurfe das eben im Sturm Vorübergerauschte überdenkend und vergebens versuchend, es sich zum gegenwärtigen und – künftigen Behagen zurechtzulegen.

Doch die Schwester seines Jugendfreundes lächelte:

«Ich bin wohl, wie Sie ja auch schon wissen, etwas älter. Auch das übrige wird Gott fügen, wie er will. Was Sie mir geben wollen, wäre nur ein Geschenk wie jedes andere. Es würde wirklich der erste Fleck Landes sein, der mir als Eigentum gehörte; aber ich weiß ja so wenig wie Sie, ob wir noch Anspruch daran und Gebrauch davon machen können, wenn der Herr gesagt hat: ‹Es ist Zeit; kommt!›»

Sie sprach dieses bereits vor der Tür der Hütte, mitten im blühenden Leben und Sonnenschein der Sommertagswelt. Viele Menschen hatte ihr Begleiter auf seinen Wanderungen durch die Städte und Länder kennengelernt und hatte sie reden hören, aber niemanden gleich dieser Idiotenlehrerin aus Halah. Und wie es um das Eigentum und den Besitz auf Erden stand, das war ihm auch nie so deutlich geworden wie jetzt, wo die Aufregung der vorigen Minuten sich gelegt hatte und er sich bei voller Besinnung für alle Zeit als ihr Eigentumsteilhaber und Grund- und Bodennachbar gebunden empfand.

Er bot ihr nun nochmals seine Hand beim Überschreiten des kleinen Wasserlaufes auf der Wiese, und sie nahm sie jetzt und ließ ihm ohne Scheu in tiefen Gedanken die ihrige bis unter die einzelnen Tannen dem Dorfe zu. Von dort gingen sie, jedes für sich, auf dem andern Wege ins Dorf, um mit dem Vorsteher und dem Meister Tischler zu reden; und fast aus jedem Hause und über jeden Zaun blickten ihnen respektvolle Gesichter von alt und jung entgegen und nach, und einer sprach zum andern:

«Das ist der fremde Herr, der sich auf der Pläsierreise die Unkosten machen und die Feh begraben will!»

Bei dem Vorsteher trafen sie den Gemeinderat fast vollzählig beisammen; und Veit erfuhr wiederum, aber zu geringer Verwunderung, in welcher übeln Stimmung sich das Dorf gegen seinen Pastor verhielt und wie der letztere eigentlich nur durch seine Schwester vor einer offenen Rebellion seiner Gemeinde gegen ihn bewahrt wurde. Aber alle waren selbstverständlich höchlichst damit einverstanden, wie nunmehr dem Besen ein Stiel gegeben werden und der nichtsnutzigen Affäre mit dem Volkmar Fuchs zu einem friedfertigen Ende verholfen werden sollte. Alle versprachen gern, ihr Bestes zu tun, daß das Begängnis von der Vierlingswiese her ohne unnötiges Zudrängen vom Dorfe aus ablaufe – womöglich am nächsten Morgen schon, in der frühesten Frühe. –

Beim Vorsteher hielten sich Veit und seine Führerin nicht länger auf, als unumgänglich nötig war. Sie gingen nunmehr zu dem Schreiner, und der Gastfreund fragte:

«Was ist das für ein Mann? Das Wohlwollen der Gemeindegenossen scheint er gerade nicht für sich zu haben.»

Da lächelte Phöbe und meinte:

«Einer meiner besten Bekannten hier im Orte und, wie er selbst sagt und ich auch glaube, mein guter Freund. Ich kenne so wenig von den Menschen überhaupt; doch ich glaube, daß er wirklich Zuneigung zu mir hat und es mit uns zum besten meint. Er ist gleichfalls weit in der Welt herumgewesen und kann wunderlich darüber reden. Es ist mir lieb, daß Sie ihn kennenlernen werden. Spörenwagen heißt er.»

«Beste Bekannte – gute Freunde von Ihnen, freundliche Nachbarin, muß ich immer zu den meinigen rechnen dürfen.»

«Er ist auch vor Jahren der gute Freund des armen Volkmar gewesen; aber um die arme Anna sind sie auseinander gekommen und leider bittere Feinde geblieben bis heute.»

«Hm», meinte der Professor, «da bedarf es denn wohl eines neuen Kampfes?»

«Ich glaube nicht», sagte Phöbe. –

Sie hatten seitwärts vom Dorfe eine ziemliche Strecke entlang eines vom eisenhaltigen Boden rötlich-braun gefärbten Baches zwischen Laubgebüsch und mächtigen Steinklötzen zu wandern, ehe sie zu der Werkstatt und Behausung des Meisters Spörenwagen gelangten; und sie fanden, oder vielmehr Herr Veit von Bielow fand in der Tat einen Mann, der wohl einer nähern Bekanntschaft wert war, bei der Arbeit.

«Ich bin es, Herr Spörenwagen», sagte Phöbe, den ortsgewohnten Gruß anfügend: «Glück auf!»

«Besten guten Morgen, mein Fräulein, guten Morgen, mein Herr», erwiderte ein zäher, trockener Junggesell, sich von seiner Hobelbank aufrichtend und mit unverkennbarem, weltmännischem ‹Zu-benehmen-Wissen› ein gesticktes Troddelmützchen von einem bereits ziemlich kahlen Schädel lüftend.

«Ein Jugend- und Universitätsfreund meines Bruders, Herr von Bielow!» sagte Phöbe, ihren Begleiter vorstellend.

«Mein Name ist Spörenwagen. Habe bereits die Ehre gehabt, von dem Herrn Baron zu vernehmen, – 's trägt sich schon um, und nicht bloß bei uns hier im Dorfe, wenn einer den Geldbeutel zieht, wo er es gar nicht nötig hat.»

«Sie wissen also so ziemlich genau, weswegen wir zu Ihnen kommen, Herr Spörenwagen?» fragte Veit.

Der Meister nickte, ein paar Schemel mit seinem blauen Handwerksschurz abfegend.

«Wollen die Herrschaften nicht einen Augenblick Platz nehmen? Fräulein Phöbe, Sie wissen ja schon, so leicht kommen Sie nicht wieder fort, wenn ich einmal die Ehre von Ihnen habe. Und im gegenwärtigen Fall ist wohl noch einiges etwas genauer zu besprechen. Nämlich, Sie kommen mir eigentlich recht in die Quere, Herr Professor.»

«Wieso, Meister?» fragte Veit nicht ohne einige Verwunderung.

Spörenwagen, seinen Hobel ausblasend, deutete auf seine Arbeit:

«Nämlich seit gestern abend, wo die Nachricht vom Abscheiden der Frau von der Vierlingswiese zu mir gebracht ist, bin ich am trübseligen Werke, ohne auf offizielle oder gar gütige Bestellung gewartet zu haben. Warum? Darum! Wenn der Herr Baron von meinem Verhältnis zu dem Rä – dem Volkmar Fuchs genauer Bescheid wüßte, so könnte er sagen: ‹Nun ja, in solchem Falle tut man eben für seinen schlimmsten Feind mit Vergnügen, was man für seinen besten Freund mit Schmerzen täte.› – Aber so ist es nicht! Fräulein Phöbe weiß es hoffentlich, so ist Spörenwagen nicht! – Weshalb denn aber? Etwa weil sich für einen vernünftigen Menschen, der nicht auf dem Miste, auf den ihn seine Mutter hingesetzt hat, sitzengeblieben ist, sondern aber sich in der Welt umgesehen hat und bis ins Ungarland und weiter gewesen ist, mancherlei klar gibt, was seinen umwohnenden, angestammten, eingeborenen Mistfinken in Ewigkeit dunkel bleibt? Allgemeines Wohl – öffentlicher Nutzen – selbstverständliche Sanitätsgesundheitslehre! Auch wohl mit; aber – für einen armen Teufel wie unsereinen doch kein hinreichender Grund, sich privatim zur Aushülfe anzubieten –»

«Die Betrübnis ist es», sagte Phöbe. «O zählen Sie nur nicht weiter auf, was es alles sein könnte, weswegen Sie die ganze Nacht an dieser traurigen Arbeit gewesen sind, Spörenwagen. Das Mitleid und die Erinnerung an vergangene Tage. Ich weiß es ja freilich, wie es vor Jahren anders gekommen ist, als Sie es sich zu Ihrem und der armen Anna Glück auf Erden vorgestellt hatten. Das hat Gott nicht so gewollt, er hat etwas Besseres gewollt. Eine lichte Stelle hat er in Ihrer Seele erhalten wollen; und in der vorigen Nacht hat der Schein Ihnen bei der Arbeit geleuchtet, und Sie haben eine gute Nacht bei dem bittern Werke gehabt und brauchten gewiß nicht zu fragen, ob Sie dem armen Volkmar recht kommen würden und ob die Gemeinde für die Kosten einstehen werde.»

«Nun sehen Sie mal, mein lieber Herr Professor», wendete sich sonderbarerweise Meister Spörenwagen an Veit Bielow, «so sitzen nun jede Woche die beiden besten Freunde im Dorfe, nämlich dies liebe Fräulein hier und ich, und sagen sich gegenseitig die schönsten Flattusen. Nämlich sie mir; denn wo könnte ich konfuse Tischlergesellenherbergskreatur wohl etwas von dergleichen gegen sie aufbringen, was sie mir nicht mit der puren, leichten, umgekehrten Hand per Distanz aus der Faust wehte? Was hülfe es nun, wenn ich sagen wollte: ‹Fräulein, es ist nicht bloß das, wie Sie sich dies in Ihrem frommen, jungen, lieben Herzen denken, – das Mitleiden, das Angedenken an vergangene Zeiten, oder wie's in den Städten zur Drehorgel oder hier in den Bergen hinterm Spinnrade oder der Kuhherde von unglückseliger Liebe, zwei Königskindern und dergleichen gesungen wird! Es ist nur, weil Spörenwagen nur noch an den Hobel, den großen Hobel, den allgemeinen Hobel, der über Knubb und Knorren geht, glaubt, daß er sich diese Arbeit zu seinem Privatvergnügen leistet.› Dem Fräulein darf ich eigentlich mit diesem meinem Glauben nicht recht kommen und dem Herrn Bruder, dem Herrn Pastor Hahnemeyer, noch weniger. Aber da frage ich nun eben Sie, Herr Professor, wie hilft sich unsereiner gegen die Astknorren vor ihm? Durch den großen Hobel, sage ich! Der liefert für'n denkenden Menschen am Ende, meine ich, doch einzig und allein die feine Maser im Fournier, mit dem jeder doch nach seiner Weise die Welt belegt haben möchte. Wo hülfe die allerbeste Politur, Herr Baron, wenn nicht der Mensch vorher mit dem Hobel, dem Allgemeinheitshobel, in seiner Seele und Überlegung und Philosophie über alle Astknorren vor ihm auf seinem

Wege sich hingequält hätte? Nämlich, und damit komme ich nun wieder auf meinen ganz speziellen Knorren, meinen alten hiesigen Schulkameraden, den Volkmar Fuchs. Ich hoffe zu Gott, daß Fräulein Phöbe es mir aus unserer intimen Bekanntschaft bezeugt, daß ich die ganze Nacht durch meinen Hobel nicht aus Rachegefühl gegen ihn geführt haben kann. Und gar gegen die Feh, sein Weib, das arme Geschöpf, die Anna! Was konnte denn die dafür, daß wir uns ihretwegen seinerzeit die Köpfe blutig schlugen? Er hat sie mir abgewonnen, und ich bin in die weite Welt gegangen. Daß ihn sein Herr Graf seines Bartes wegen mal mit nach draußen genommen hat, das ist nichts; denn davon hat er nur den Schimpfnamen ‹der Räkel› mit nach Hause gebracht. Ich aber habe auf meiner Wanderschaft gelernt, den Hobel in meinem Gemüte in der richtigen Weise zu handhaben, und in der vergangenen Nacht hat der glattgemacht, was noch als Knubb und Knorren in mir gegen meinen alten Kameraden und mein Mädchen und meine Herzliebste vorhanden sein mochte. Sie haben von Dorfs wegen den Volkmar und seine Familie auf die Vierlingswiese abgeschoben und haben wohl daran getan; aber einzusehen braucht ein Mensch wie er das nicht. Dazu gehört eben schon ein anderer Hobel im menschlichen Innersten: Kultur und Verständnis gehört hierzu. Woher hätte der Räkel Kultur und soziales Verständnis schöpfen sollen?

Aus seiner Wildjagd im Walde? Aus seinem Haushalt mit der armen Kreatur, der Anna, in freier Luft des Sommers und im Winter im Stall, wo kein Bauer sein Schwein einsperrt? Oder im Zuchthause? Im letztern wohl noch am ersten, zumal da er doch auch Ehre in sich hatte auf seine Weise, was sich ja auch ausgewiesen hat, da er viel hochmütiger gegen uns hier im Dorf herausgekommen ist, als er hineingegangen ist.»

«Was Sie damals – in seiner Abwesenheit an der Frau und an den Kindern getan haben, das wird Ihnen der liebe Gott gewißlich ansehen, Spörenwagen», sagte Phöbe Hahnemeyer; aber der Meister, sich auch jetzt mit seiner Rede mehr an seinen männlichen Besuch wendend, brummte:

«Ach, was hab ich denn da viel tun können? Natürlich hat es mir doch ein menschlich Gaudium sein müssen, der Feh nun-

mehr verdemonstrieren zu können: ‹Siehst du, Kind, wie gut du
es bei mir immer hättest haben können, wenn du nicht seinerzeit
ebenfalls auf den schönen Bart und sonstige Renommage auf dem
Schützenhof hereingefallen wärest!› Aus purem blanken Hoch-
mut hab ich der Gemeinde die Last mit dem armen Geschöpf
und ihren Krabben abgenommen und für ein notdürftig Unterkommen und Abfütterung schlecht genug gesorgt.»

«Das haben Sie nicht getan, Spörenwagen! Mein Bruder und
ich sind damals noch nicht hier im Dorfe eingezogen gewesen;
aber ich weiß doch alles, und Sie dürfen nicht so zu mir sprechen.»

«Na, Fräulein, dann wird es ja auch wohl in diesem Falle der
Hobel, der große Kommunehobel gewesen sein, den ich mir aus
der Fremde mitgebracht habe. Der Herr hier wird wohl ein besseres Wort für das haben, was ich meine. Der Hobel hat mir auch
über den Dank des Räkels fortgeholfen, als er mir nachher die
Faust unter die Nase hielt und mich anschnauzte: ‹Was hast du
dich wieder eingemischt, wo dich keiner gerufen hat, du feiner
Kopf? Und dem Weibe werde ich das Spiel auch schon einträn-
ken, was sie hier in der Freiheit mit dir getrieben hat, während
sie mich da unten hinter Schloß und Riegel hatten! Der Satan
danke dir deine Gutherzigkeit; – mein einziger Trost da unten
im Institut ist gewesen, daß ich den ganzen Bau eingegangen
wiederfinden würde; – da wäre uns allen in der richtigen Weise
geholfen gewesen.›»

«O Freund, guter Freund, so habe ich Sie noch niemals hiervon erzählen hören!» rief Phöbe zitternd, die gefalteten Hände
erhebend.

«Und herzlich leid tut mir das auch, mein liebes, liebstes Fräulein», sagte jetzt der Meister Tischler leise und mit völlig verän-
dertem Ton. «Sie haben recht, ich bin hier eben toller in meiner
Weltweisheit gewesen, als der Volkmar in seiner angeborenen
Wüstheit. So sollte vor Ihnen niemand reden; und es ist auch
wohl nur die nächtliche Arbeit gewesen – diese schlimme Arbeit
hier für die Anna, die mir Sinn und Gedanken und Rednerei so
in Verwirrung gebracht hat. Der Herr Professor wird's auch wohl
wissen; man mag mit dem großen Hobel noch so gut umzugehen

gelernt haben in der Welt, man trifft immer noch einen Knorren vor sich, und zumal in einem solchen Sargbrett, über welchem einem der Schweiß ausbricht und das Handwerkszeug einem die Faust blutrünstig drückt. Wie hätte ich mir gestern abend gegen die Nachricht aus der Fieberköte auf der Vierlingswiese anders helfen können, als daß ich mich mit meiner besten Kunst an dieses letzte Liebeswerk für die Feh begab?!»

Veit von Bielow mit dem Gefühl, sich gegenwärtig in der besten Gesellschaft der Erde zu befinden, reichte dem armen Dorftischler die Hand über seine Hobelbank:

«Führen Sie Ihren Hobel weiter – hier weiter, wie Sie das draußen unter uns gelernt haben, Meister. Sie sind ein vornehmer Mann geworden auf Ihrer Wanderschaft, Meister Spörenwagen!»

«Das sagen Sie wohl nur so, lieber Herr. Bitten Sie lieber gleichfalls dieses liebe Fräulein für mich um Verzeihung für mein Aufbegehren eben. Aber einen Gefallen könnten Sie mir wohl tun.»

«Jeden, soweit es in meiner Macht steht.»

«Nämlich, ich bin natürlicherweise auch die letzten Tage durch in meinen Gedanken um die Hütte auf der Vierlingswiese gegangen, habe auch sonst meine Nachrichten von dort und weiß, wie die Sachen dort stehen. Den Fuchs kenne ich leider nur zu gut und weiß, daß ihm das nicht leicht auszutreiben ist, was er sich in seinen wilden Sinn gesetzt hat. Nun möchte ich gern – auch von wegen meiner schweren Arbeit hier für ihn – das Mittel kennenlernen, was Sie heute morgen angewendet haben, um ihm in seiner Verwirrung den letzten Ruheplatz für sein Weib unter seiner Feindschaft annehmbar zu machen.»

Phöbe sah einen Augenblick auf ihren Begleiter; dann antwortete sie für ihn:

«Meines Bruders Freund hat dem Räkel angeboten, zur Rechten und zur Linken von seiner Frau zwei Ruhestellen in Gottes Frieden, wenn nicht für ihn selber und seine Kinder, so für uns vorzubehalten.»

Da legte Spörenwagen seinen Hobel auf das Brett vor ihm nieder und strich mit der flachen Hand über den letzten Astknorren in seinem edeln Werke.

«Herrschaften», murmelte er, «und ich dachte mir was Großes dabei, daß ich ihm heute abend in der Dunkelheit mein Machwerk vor die Tür karren und ihn mit Gelassenheit bitten wollte, mir zuzulassen, ihm sein Weib mit drein zu betten. Lieber Herr, Sie sind noch weiter in der Welt herumgewesen als der arme Tischlergeselle. Sie haben es doch noch besser gelernt, mit der Konfusion und Rat- und Hülflosigkeit von unsereinem umzugehen, als wie unsereiner!»

Zwölftes Kapitel

Meister Spörenwagen ging wieder zu seiner Arbeit, nachdem er den beiden von seiner Haustür aus nachgesehen hatte, bis das Gestrüpp und Gestein sie seinen Blicken entzog. Er hatte muntere, klare blaugraue Augen; aber dieselben blickten jetzt sehr ernst unter den zusammengezogenen buschigen Brauen hervor, als er nun murmelte:

«Über das liebe Fräulein, mein Fräulein Phöbe, verliere ich weiter kein Wort hierbei; aber – der Herr – ein nobler Herr – der gelehrte Mann, der vornehme Mann, weiß er es für alle Zeit ganz genau, was er da auf sich genommen hat heute morgen?»

Kopfschüttelnd ging er zu seiner Arbeit – seinem Anteil an der christlichen Wohltat, dem gesellschaftlichen Liebeswerk für den Räkel und seine Frau, zurück; Veit und Phöbe aber erreichten die Pfarre wieder und fanden den Freund und Bruder, den Pastor Prudens, immer noch in verdrießlich-sorgenvoller Ratlosigkeit in seiner Stube auf und ab schreitend.

«Ihr seid lange ausgeblieben! Nun, was habt ihr erreicht?»

Sie sagten ihm in den einfachsten Worten, wie sie ihr schweres Werk ausgerichtet hatten und auf welche Art der wilde Mann von der Vierlingswiese überredet worden war, die Leiche seines Weibes nicht zu einer Waffe in seinem Kampfe mit der Gesellschaft zu machen.

Betroffen, staunend, erschrocken sah der Pfarrer von dem Freunde auf die Schwester. Zum erstenmal in seinem Leben überkam ihn wohl die volle Deutlichkeit davon, welch ein Lebensweg dazu gehört haben mußte, dieses junge, kindliche Mädchen so ruhig todessicher zu machen. Er hatte auch wohl noch nie in seinem Leben ihren Namen so weich und zärtlich betont, als da er jetzt rief:

«Phöbe! Phöbe, welch eine seltsame Auskunft! Und du, Veit? Der Mann von den Pfaden der Welt, der hier nur vorübergeht und wohl nie wieder den Fuß an diesen Ort setzen wird! ... Laßt mich das doch erst überlegen – zurechtlegen! Hat das euch der Herr auf die Zunge gelegt und in die Seele gegeben, so wird es gewiß so recht sein, aber –»

«Meine Seele ist jetzt ganz ruhig, lieber Bruder», sagte Phöbe lächelnd. «Und Spörenwagen will den Sarg so schön als möglich machen und kein Geld dafür annehmen, weder von der Gemeinde noch von – deinem – unserm Freunde.»

«Der Meister Spörenwagen? Des Mannes bitterster Feind?»

«Ein Gentleman-Sozialist, ein weiser und ein guter Mensch in der Wüste, Prudens!» rief Veit. «Wir fanden ihn schon an der Arbeit; und er hat über seinem Hobel mir ein Collegium philosophicum gehalten, wie es mir nie von einem Katheder und nur höchst selten vielleicht auf der Landstraße, an einer Straßenecke, auf dem Schiff oder bei sonstigen Zufallsgelegenheiten vorgetragen wurde. Dieser Meister Tischler hat mir ungemein gefallen, und ich bin gern mit meiner Bereitwilligkeit gegen sein früheres und besseres Anrecht zu diesem melancholischen Liebeswerk zurückgetreten. Es ist mir eine Ehre gewesen, diesem Mann die Vorhand zu lassen, und ich danke deiner lieben Schwester herzlich dafür, daß sie mir das Vergnügen seiner Bekanntschaft vermittelt hat.»

«So geschehe dieses nach euerm und Gottes Willen, ich werde mit dem Kantor und dem Totengräber reden», rief der Pastor unruhvoll. «Du, mein Freund, hast dir für deine ferneren Schritte durch dieses Leben einen seltsam stillen Ruhepunkt in diesem Bergdorf zum Eigentum gemacht. Möge dir dein Erwerb zum Segen gereichen und das Gedenken an ihn nie zu einer Last werden!»

«Amen!» rief der Gastfreund heiter. –

Wir haben aus diesem Tage eigentlich wenig mehr von dem Verkehr unter den Leuten im Pfarrhause zu berichten. Der Gast kam, außer beim Mittagstisch, bis zum Abend kaum noch zu einem längern Gespräch mit seinen stillen Wirten. Der Pastor hielt sich in seiner Studierstube, und Phöbe schien der Unterhaltung mit dem neuen Freunde nunmehr sogar vorsätzlich aus dem Wege zu gehen. So war der letztere bis zum Abend so ziemlich auf sich allein angewiesen und benutzte die Muße, die nächste Umgebung des Dorfes und seines wunderlichen, darin erworbenen Grundbesitzes möglichst genau kennenzulernen. Das war wohl der Mühe wert, und es ging ihm kaum ein Schritt in der schönen Wildnis verloren. Aufs Geratewohl durchstrich Veit die Täler und stieg zu den Höhen empor, jetzt im dunkeln Walde zwischen rauschenden Wassern, jetzt über baumlose, steinige, mit phantastischen Steinblöcken bedeckte Heiden schreitend, bis er endlich bei sinkender Sonne von dem Gipfel einer steilrecht abfallenden Felswand aus die kleine Menschenansiedelung und ihren Friedhof wieder dicht vor sich hatte.

Nicht nur vor sich, sondern auch unter sich. Im Heidekraut ausgestreckt sah er nicht ohne innerlichste Betroffenheit in die unendliche Weite und auf den winzigen Punkt da unten, wo eben ein einzelner Mensch den Spaten in den Boden stieß und das erste Rasenstück aus der Grasnarbe aushob.

«Wer dir vorgestern um diese Stunde hiervon gesagt haben würde, Veit von Bielow!» – –

Ja wie war das vorgestern um diese Tageszeit gewesen?

Da hatte auf einer andern, weitberühmten Berg- und Felsenhöhe mit anerkannt romantisch-prächtiger und anmutig-großartiger Aussicht sowohl in das Gebirge wie auf das offene Land ein ähnlich bunter Touristenzug wie der vom gestrigen Abend auf der Vierlingswiese vor dem vielstöckigen, palastähnlichen Gasthause angehalten und für den im Reisehandbuch anempfohlenen Sonnenuntergang, die Nacht und den möglichen heitern folgenden Sonnenaufgang Quartier genommen. Buntfarbiges Volk auch, doch was die Farbe der Kleider anbetraf, nicht ganz so bunt wie die Herrschaften von gestern. Viel vornehmere Leute, sehr vornehme Leute waren es gewesen, die da vorgestern abend vor dem

Hotel ihre Wanderstäbe und Schirme abgestellt hatten oder von den Reittieren gestiegen waren. Und Veit Bielow war dort von den neuen Ankömmlingen als ein guter alter Bekannter, ja als ein langjähriger Freund jubelnd begrüßt worden und hatte der schönsten jungen Dame in der Gesellschaft die Hand küssen und ihr beim Absteigen von ihrem Maulesel behülflich sein dürfen. Er hatte auch seinen Platz bei Tische neben derselben erhalten. Das unvermutete Zusammentreffen mit dem beliebten, heitern, geistreichen Lebensgenossen hatte jedem im Kreise einen erhöhten Schwung gegeben; und es war für Stunden gewesen, als ob diesen allen nie ein Leid nahegetreten sei, als ob ihnen selbst ein Verdruß niemals nahetreten könne.

Auch war die Sonne wirklich prachtvoll untergegangen. Wahrlich als lachender Phöbus Apoll war der Feuerstern aus dem wolkenlosen Blau in den fernsten Duft und Dunst der Erde hinabgesunken, und der Professor und Freiherr hatte neben der schönen jungen Dame allein auf dem äußersten Felsvorsprung an der Brüstung gelehnt, und sie hatten in den Sonnenuntergang hinein von früherem Zusammentreffen

‹in engen Hütten und im reichen Saal –
im leichten Zelt, auf Teppichen der Pracht
und unter dem Gewölb der hohen Nacht›

geplaudert. Fräulein Valerie war sehr freundlich, ja fast herzlich und nicht nur wie immer schön und stattlich, sondern ausnahmsweise auch unendlich anmutig in ihrem Behagen gewesen.

«Und nun, da ich einmal wieder die Hand auf Sie gelegt habe», hatte sie gesagt, als er ihr den Arm bot, um sie zur Abendtafel zu führen, «bleiben Sie gefälligst die nächsten Wochen drunten im Bad in meiner Nähe, mein werter Ritter Benedikt. Ich habe es dringend nötig, daß sich ein vernünftiger Mensch meiner zu Tode gelangweilten Seele annehme, Signor Professore. Papa hat uns diesmal mit einer Geleitschaft von Vettern, Cousinen und braven Freunden umgeben, die in Hinsicht auf ‹Viel Lärm um nichts› nichts zu wünschen übrigläßt. Onkel Leonato ist fürchterlich, Hero wie immer lieb, aber kaum zu ertragen in ihrem holden Wechsel zwischen Herzweh und Kopfweh – eh, und Cousin Claudio aus Florenz trotz seinem zärtlichen Verhältnis zu unserm blonden Kinde mehr für den Zirkus Renz als sonst was geeignet und jedenfalls mir entsetzlich, einerlei, ob er mich von seinem Neigen von Herzen zu Herzen oder von seinen Pferden und Hunden unterhält. Das erstere gewöhnlich zu Fuß neben meinem Esel, das andere, noch furchtbarer, von oben herab für mein mäßiges Verständnis, aus dem Sattel des seinigen. Viel Lärmen um nichts! Viel Lärmen um nichts! Bringen Sie, bester Baron, uns keinen frischen Luftzug von Padua nach Messina mit, so gebe ich es auf, mich ferner für mein armes Dasein zu wehren. Also, nicht wahr, wie Sie mich vordem in Rom und Neapel aus den behandschuhten Klauen von Principe und Principessa – Conte, Contessa und Contessina gerettet haben, so werden Sie das auch jetzt an jenem da unter uns liegenden unheimlichen neuen Ort moderner geselliger Sommerqualen versuchen? Nicht so? Sie bleiben in unserer Nähe die nächsten Wochen durch und konservieren die arme Valerie noch einmal für das winterliche, hauptstädtische: Spielt auf, Musikanten!?»

«Wie Sie befehlen, meine Gnädigste. Vorausgesetzt, daß Sie mir morgen noch einen kurzen Abstecher – einen Schritt vom Weg – abseits von Ihrem Wege, Valerie, zulassen wollen.»

«Einen Abstecher? Einen Schritt von meinem Wege? Wenn Sie morgen nach auch hier überwundenem Sonnenaufgang mit mir zu Tal fahren dürfen? Wenn Sie mein Saumtier und mich an Klipp und Abhang, das eine vor dem Sturz in den Abgrund, das oder die andere vor dem Versinken in die unendliche Tiefe der Konversation ihrer Weggenossenschaft bewahren können?»

«Es ist ein Zufallswunsch, dessen Erfüllung mir hier so nahegelegt ist. Wie einem solch eine Adresse durch ein Zeitungsblatt in die Hände geweht wird. Ein Universitätsfreund aus längst versunkener Bildungsepoche sitzt mir da in einem abgeschiedenen, der Welt unbekannten Bergdorfe als Pfarrer.»

«Und Sie wünschen sich einen Hauch und Schein aus seiner möglichen Idylle mitzunehmen in den Verkehr mit uns? Nun, da wäre ich freilich die letzte, welche Ihnen das verdenken könnte.

Aber bedingungslos zähle ich grade darum auf Ihr Wiedererscheinen übermorgen in unserer buntscheckigen Narrenwelt. Und dann berichten Sie mir so genau wie möglich von Ihrer Wald-, Fels- und Pastoren-Idylle und nehmen auch mich noch einmal möglichst tief mit hinein in dieselbige. Wie Ihr durchaus nicht genügend für mich motivierter Schritt vom Wege ausfallen mag, Sie werden mir jedenfalls von ihm etwas anderes mitbringen als Onkel Antonios antiquierte Gesandtschaftsattaché-Reminiszenzen aus Wien und Byzanz und Vetter Claudios unerträgliche Hoppegartenhistorien und geschmacklose Hero-und-Leander-Gefühlsäußerungen.» –

Nun überdachte Veit, jetzt allein mit sich in der tiefen Stille der Natur auf dieser andern Felsenkuppe über diesem Dorfe und Kirchhofe, von welcher Idylle er demnächst dort unten an der Wirtstafel im Aktienhotel zu erzählen haben werde, wenn er es nicht vorzog oder wenn es ihm nicht zu schwer gemacht wurde, über seine Beteiligung daran zu schweigen. Im ganzen, für den größern Kreis seiner guten Bekannten und Freunde und Freundinnen, hätte er sich wohl in der Überlegung beruhigen können, wie leicht es ist, mit Worten über etwas hinwegzukommen, wenn nicht das Schicksal selbst einem das Wort im gegebenen Augenblick tötend oder erlösend aus dem Munde und aus der Seele reißt.

Das letztere war's, was ihn nunmehr plötzlich im Sprung aus seiner Ruhe zwischen dem warmen Gestein, im Heidekraut und Duft der jungen Tannenanpflanzung um ihn her aufjagte:

Was für ein Gesicht konnte Valerie zu seiner Eigentumserwerbung zur Rechten und Linken des Weibes des Wilderers, des Räkels Volkmar Fuchs, machen?

Er fuhr mit dem Taschentuch über die heiße Stirn, und einen Augenblick erfüllte ihn unumstößlich die Gewißheit, daß es besser sei, wenn er diesmal sein verpfändet gesellig Wort nicht einlöse und nicht dem Fräulein in den nächsten Wochen drunten im Bad als Begleiter durch den Alltag diene. Es überkam ihn sogar die Lust, seinen Stab und seine Tasche im Pastorenhause im Stich zu lassen und zu versuchen, ohne sie die nächste Eisenbahnstation zu erreichen.

Diese Stimmung konnte aber natürlich nicht anhalten. Am nächsten Morgen ist er mit Tasche und Wanderstab mit dabei gewesen, als man die Feh begrub. – –

Am nächsten Morgen, ganz in der Frühe, als die Sonne eben erst über die Berggipfel heraufkam, hat man die Feh begraben, und ihr Mann hat keinen Einspruch mehr erhoben, sondern sich jetzt vom Anfang bis zum Ende sehr gut und sogar recht höflich und als Mann von Sitten und Anstand dabei betragen. Er hat Spörenwagens Werk und Beihülfe in der späten Abenddämmerung ohne Weiterungen angenommen und hat auch nichts dagegen einzuwenden gehabt, daß der Meister in dem kleinen Gefolge am Morgen von der Vierlingswiese nach dem Kirchhofe mitging und das Hauptende des Sarges mit trug.

Wenige Leute sind bei dem Begräbnis zugegen gewesen. Für einen großen Teil der Dorfbevölkerung fand es eben zu früh statt; und übrigens hatte der Vorsteher gern Wort gehalten und seine ganze Autorität aufgeboten, alles, «was wohl schon bei Beinen war, aber sonst nichts bei der Sache zu schaffen hatte», zu überreden, mit seiner Anteilnahme für diesmal zu Hause zu bleiben oder höchstens sich mit ihr hinter dem Zaune zu postieren.

An der Gruft, die Veit von Bielow gestern von dem Granitblock über dem Friedhof auf seinem Eigentume graben sah, hat auch Prudens Hahnemeyer sich mäßig gehalten und zu dem feierlichen liturgischen «Staub zu Staub, Asche zu Asche» nur wenige ungewöhnlich ruhige und freundliche Worte gesprochen. Sie haben alle ihre drei Hände voll Erde auf den armen Leib der Feh geworfen, und die Träger und der Totengräber haben die Grube rasch gefüllt. Dann sind sie alle gegangen, der Pastor Prudens, Spörenwagen, der Kantor und seine Leute. Und auch Volkmar Fuchs mit den Kindern hat sich scheu, gebändigt und wie beschämt zur Seite weggeschlichen und sich in den Wald geschlagen. Zurückgeblieben an dem fürs erste nur halb zugeschaufelten Grabe sind nur Phöbe und der flüchtige, aber von jetzt an mit ihr in so ernster Weise diesem Orte verbundene Gast ihres Daches.

Ob das hier nur bloß ein Symbol, ein Wahrzeichen, ein Merkmal blieb und der Räkel und seine Jungen dermaleinst sich hier niederlegten oder ob aus dem Zeichen eine Wirklichkeit wurde und Veit für sich und die Schwester aus Halah hier das letzte, sicherste Eigentumsrecht an die Erde erworben hatte: Nachbarn, Ruhegenossen außerhalb des Werkeltages waren sie geworden und blieben sie.

«So leben Sie wohl, Phöbe, liebe, liebe Phöbe; – wir werden uns wiedersehen!»

«Nach des Herrn Willen!» sagte die Schwester aus Halah kaum hörbar. «Er hat dies zugelassen und wird es uns nicht als eine Vermessenheit, als eine Sünde zurechnen. Er möge uns immer und an jedem Orte bereit finden für seinen Frieden und zu seiner Ruhe! Liebe Freunde müssen wir wahrlich nun uns bleiben für alle unsere Tage auf Erden.» –

Erst spät am Abend kam Professor von Bielow herab aus den Bergen und Wäldern. Da fand er sich im lichterglänzenden Kurhause unter dem Türvorhange des Tanzsaales lehnend und sah Valerie im Reigen glühend, lächelnd, die Locken schüttelnd an sich vorbeistreifen. Nie in seinem Leben hatte er so zwischen Wachen und Traum mit solchem innerlichsten Bangen auf ein schönes, tanzendes Mädchen hingesehen. –

Dreizehntes Kapitel

Die Saison stand in ihrer üppigsten Blüte. Dieser beliebte Badeort für Gesunde hatte selten eine so gute Gesellschaft wie diesmal um seine unschädlichen Quellen versammelt gesehen. Sogar wirkliche «Namen», das heißt solche, die wenigstens augenblicklich etwas bedeuteten, waren vorhanden. Kluge Worte und alberne Redensarten in allen Mundarten des Vaterlandes, sowie auch verschiedenen fremdländischen Zungen, auf allen Pfaden, auf allen Aussichtspunkten, in den Sälen und Korridoren aller Hotels, auf den Terrassen und unter den Veranden aller Villen! Musik am Morgen, Mittag und am Abend – das Wetter außergewöhnlich gut, und somit, wenigstens dem äußern Anschein nach, alle Welt höchlichst einverstanden mit ihrem Vorhanden- und Beisammensein in diesen heiteren, andauernd gute Witterung versprechenden Tagen und lauen, für den Längen- und Breitengrad merkwürdig angenehmen Nächten!

Andere haben dieses alles häufig und mit Talent bis ins einzelnste geschildert und werden es uns noch oft beschreiben. Wir haben nur zu sagen, daß Veit von Bielow nicht ohne freudige Überraschung in seiner Türöffnung entdeckt und sofort in den innersten und feinsten Zirkel inmitten des allgemeinen modernen Sommersabbatgedränges hineingezogen wurde und, nicht ungern die Erlebnisse, Bilder und Gedanken des heißen, wunderlichen Tages von sich abschüttelnd, durch die Nacht im bunten, rauschenden Strome des Lebens mitschwamm.

«Und nun seien Sie einmal sehr liebenswürdig, Bielow, und nehmen Sie sich meiner ein wenig an. Sehen Sie dieses Volk, diese Gesichter um uns her und finden Sie selber die Entschuldigung meiner Sehnsucht nach einem vernünftigen Menschen. Aber ich bitte Sie – nicht Ästhetik, nicht Literatur, bildende Künste, Musik und Parlamentaria! Diese Blechmusik den ganzen Tag ist mir völlig Ersatz für das alles. O Himmel, da haben wir Professor X, Ihren Ihnen weit überlegenen Herrn Kollegen – den Verstimmtesten unserer Melomanen, Herrn von XX – unsern großen Seelenschilderer XXX, der seit gestern morgen, wo ich ihm meines Freundes Charles Lambs Versuch über Geistesgesundheit des wirklichen Genius unter die Nase rieb, mit den schwärzesten Dintenabsichten um mich herumgeht. Nicht zu vergessen unsern viel gesuchten Gesellschaftsmaler XXXX, dessen Porträt meiner dänischen Dogge und meiner Samtrobe mit mir als Beigabe Ihnen und andern Leuten auf unserer letzten akademischen Ausstellung viel mehr Entzücken bereitet hat als mir! Das reicht vollkommen aus, mir die Ohren voll und das Hirn leer zu schwatzen. Da – nehmen Sie meinen Fächer; Sie scheinen mir etwas echauffiert – ja, es ist recht schwül hier im Tal, und man sehnt sich wohl nach einem kühlen Luftzug. Erzählen Sie jetzt, wo Sie gestern und vorgestern gewesen sind, berichten Sie, was Ihnen Ihr Schritt vom Wege, von unserm – meinem Wege eingebracht hat. Sie erinnern sich, daß ich Sie nur unter der Bedingung losgegeben habe, mir mein Teil von der Idylle hierher mitzubringen. Wie haben Sie Ihren geistlichen Freund gefunden in seiner glückseligen Abgeschiedenheit? Was haben Sie dort erlebt, während wir hier wie gewöhnlich von unserm wenigen Erlebten nur zuzusetzen hatten?»

Dieses wurde am Tage nach der Ankunft Veits im Bade auf einer beschatteten Bank in der Nähe des Kurhauses gesprochen, während die Badeblechmusik in das Rauschen der Springbrunnen, das Geplauder und Hin- und Herwogen der Gesellschaft ihre Märsche, Tänze und Potpourris hineinschmetterte. Es war wahrlich nicht Zeit und Gelegenheit, jetzt und hier auch der schönsten und geistreichsten Bekannten und Fragstellerin über so ernste Wirkung eines Schrittes vom Wege Bericht abzustatten. Veit würde wahrscheinlich, trotz der Gewalt, die Valerie über ihn ausübte, den Versuch gemacht haben, sich ihr «mit Worten» zu entziehen, wenn nicht ein neuester Bekannter sich in die Unterhaltung gemischt und sie bei dem Pfarrhause da oben in den Bergen, bei der Hütte auf der Vierlingswiese und bei dem Räkel und der Feh festgehalten hätte.

«Siehe da, mein Herr Professor!» rief Landphysikus und Badearzt Dr. Hanff. «Also glücklich gerettet aus der Tragödie in die Komödie, aus den Mysterien der Wildnis in unsere gewöhnlicheren, aber Gott sei Dank recht gesunden Zustände? Es tat mir sehr leid, daß ich nicht gestern, meinem festen Vornehmen gemäß, hinaufreiten konnte, um mir das Resultat Ihrer und Fräulein Phöbes Bemühungen abzuholen. Sie wissen – Brennpunkt unserer hiesigen, sonst so nüchternen, dürren Lebensführung; – angenehmste gesellschaftliche und gottlob nicht beunruhigende amtstätliche Verpflichtungen nach allen Seiten! Verteilung einer bescheidenen Landdoktorexistenz bis in die vierte Dimension! Aber eben komme ich von da oben, von der Vierlingswiese, vom Vorsteher, vom Kirchhofe und den Geschwistern Hahnemeyer und kann jetzt nur fragen: was sagen Sie zu dieser Geschichte, meine Gnädigste? Daß der Herr Baron Sie bereits in die unheimlichsten Einzelheiten derselben eingeführt und mit seiner eigensten originellen Beihülfe zur Lösung des Konflikts bekanntgemacht hat, darf ich wohl voraussetzen?!»

Da war nun kein Ausweichen mehr möglich. Es gab nur ein Wort das andere, und Valerie hatte nicht im geringsten nötig, von ihrer Macht über ihren Gesellschaftsgenossen Gebrauch zu machen. Er erzählte ihr, bei welchen Leuten er die letzten Tage gewesen war und hinter welche harte, hohe, furchtbare Mauern ihn der Seitenpfad, den er so lächelnd betrat, geführt hatte. Er berichtete ihr von der Vierlingswiese, von Prudens und Phöbe, von dem Vorsteher und dem Meister Spörenwagen; und solange der Doktor seine Erläuterungen oder gar seine Anekdoten dazu gab, saß das Fräulein bewegungslos und murmelte nur einmal, seitwärts aufblickend:

«Welche Idee!»

Als aber der Doktor sich empfohlen hatte, erhob auch sie sich; und da sie trotz der Mittagsglut ein leises, fröstelndes Zusammenziehen der Schultern nicht unterdrücken konnte, sagte sie fast finster:

«Das überkam mich nur, wie ich mir überdachte, wem in unserm Kreise ich hiervon weitererzählen könnte.»

«Ich habe auch nur Ihnen davon gesprochen, Valerie.»

Sie stand eine Weile stumm neben ihm, dann sprach sie:

«Sie haben sich in jener Stunde recht einsam in der Welt gefühlt, Bielow. Hatten Sie denn niemand, konnten Sie an niemand denken, den Sie erst im stillen fragen mußten, ob Sie ihm durch Ihren Handel und Kauf keine Betrübnis, keinen Schmerz bereiteten, den Sie nicht eifersüchtig machten durch Ihre nur für eigene Rechnung sich bindende Erwerbung von solch traurigem Erdengrundbesitz? He Claudio, Claudio, ungetreuester, aber sinnigster aller Vettern!»

«Du befiehlst, schöne Base?»

«Nichts als deinen Arm, mein Lieber, und den Schutz deines Sonnenschirmes bis zum Hotel. Es wird wohl Zeit zur Toilette für die Table d'hote. Wir sehen uns doch an dieser Tafel des Lebens, Herr von Bielow?»

Ohne die Antwort abzuwarten, schritt sie von ihm hinweg. Er aber sah ihr verwirrt, staunend, ja erschrocken nach: «Was war dies?»

Er hätte ihr nachlaufen mögen, um sie an der Hand zu fassen und sie auf den fernsten, sonnigsten Berggipfel zu entführen aus dem buntfarbigen, geschwätzigen, lachenden Schwarm, durch den sie eben so stattlich, so ruhig hingen. Dort in dieser heißen Mittagsglut unter dem blauen Himmel auf der einsamsten, stillsten Berghöhe hätte er sie fragen können:

«Was sollte dieses sein? Was hast du da geredet, Mädchen?»

Aber da war es ihm, als höre er grade jetzt ihr helles, wohltönendes Lachen durch all den Lärm der heitern Gesellschaft um sich her, und er vermochte sich nicht von seiner Bank zu regen. Noch recht lange saß er dort und grübelte über die Frage:

«Veit Bielow, wieviel Unbedachtsamkeit, Leichtlebigkeit, Sorglosigkeit und Egoismus verbarg sich für dich, den Gelehrten, den Lebenskünstler, den Weltmann, unter jener Augenblicksempfindung und -handlung dort oben in der Fieberhütte des Räkels an der Leiche der Feh und auf jenem kleinen, den Menschen unbekannten Dorfkirchhof an der Seite jener dir vor drei Tagen noch so unbekannten jungen Schulschwester aus dem Idiotenrettungshause Halah?»

In diesem Augenblick fühlte er seinerseits einen eisigen Schauder durch alle Glieder; dann ein heftiges Andringen des Blutes nach Kopf und Herzen. Er griff sich an die Stirn und sah mehrere Minuten lang alles um sich her – die Berge, die hübschen Häuser und Villen, die springenden Wasser – alle Farben an Himmel und Erde – das fröhliche Gewühl der Menschen, wie durch einen blutroten Schleier. Und durch ein seltsames Sausen in seinen Ohren vernahm er das Rauschen der Unterhaltung der Erwachsenen und den fröhlichen Lärm der Kinder wie in immer weiterer Ferne verhallend, aber die lustige Musik der Badekapelle mit dem betäubendsten, gellendsten Mißklang wie aus dem eigenen Hirn heraus.

Doch das ging vorüber, und es blieb nur eine trübe melancholische Stimmung und längere Zeit auch ein körperliches Unbehagen, eine träge Schwere in Händen und Füßen zurück. Allgemach gelang es ihm jedoch, letzteres wenigstens wieder von sich abzuschütteln. Hastig sprang er auf und warf sich ebenfalls in den heitern Schwarm und Reigen. Lauter und lebhafter, als sonst seine Art war, mischte er sich in die Unterhaltung, beredete mit Valeriens Vater Tagespolitik, zeigte außergewöhnliches Interesse für die Gesprächsstoffe ihrer Brüder, Vettern und sonstigen männlichen Reisegefährten und wurde bei Tisch auch von allen Cousinen und übrigen Damen aus ihrer Begleitung im stillen für den angenehmsten, wünschenswertesten, liebenswürdigsten aller Villeggiaturgenossen erklärt.

Dessenungeachtet wurde er keinen Augenblick das Gefühl aus der Seele los, daß er eine Kette hinter sich herschleife. Ein unbestimmtes Schuldgefühl, über das er immerfort mit sich selber zu rechten, abzurechnen hatte, drückte ihn und zog ihm den Tag und dessen wechselndes Leben zu einer unendlichen Länge auseinander. Daß Valerie in ihrem Verkehr mit ihm keine wesentliche Veränderung zeigte, sondern in gewohnter Weise ging, saß, lachte, lächelte und sprach, gab keiner langsam sich schleppenden Stunde oder Minute dieses Tags den gewohnten leichten Flug oder gar raschere Flügel.

Vierzehntes Kapitel

Fräulein Valerie war wieder mal verschwunden – wieder einmal «ihren Lieben abhanden gekommen», wie diese Lieben selbst, wenig besorgt, da sie «das schon kannten», sich hierüber ausdrückten.

Ja, man kannte ihre Gepflogenheiten in dieser Hinsicht seit lange recht genau und ängstigte sich durchaus nicht um die Verlorengegangene. Auch Papa Exzellenz zuckte nur die Achseln und sagte:

«Ich weiß wie immer von euch allen am wenigsten etwas Genaues. Sie soll ziemlich früh am Morgen ein hiesiges Edelroß samt dem dazugehörigen ortseingeborenen Pagen gemietet haben und im Gebirge verschollen sein. Onkel Anton, im Grunde der einzige vernünftige Mensch und Frühaufsteher unter uns, behauptet, sie im Frühnebel jenseit des Tals und seines Promenadenweges am Bergeshang aufwärts reitend gesehen zu haben. Allein der Gute ist bekanntermaßen auch für einen vortragenden Rat im Kultusministerium (er hört uns doch nicht?) außergewöhnlich kurzsichtig und kann sich geirrt haben. Es sind bei einem solchen Menschenzusammenfluß immer einige eigenwillige, autoritätslose, närrische

Frauenzimmer mehr vorhanden, als man im engsten Familienkreise und geselligen Zirkel für glaubhaft hält. Meine Maxime übrigens ist, mich in erster Instanz an das Nächstliegende zu halten, und so hatte ihre Kammerjungfer die Güte, mir die beruhigende Mitteilung zu machen: wohin dies spezielle gnädige Fräulein so früh uns ausgerückt sei, wisse sie nicht, aber jedenfalls (also jedenfalls nicht unwahrscheinlicherweise) werde man sich zur musikalischen Soiree am heutigen Abend wieder einfinden. Da habt ihr den Inhalt meines Pakets! Haben Sie eine Ahnung, können Sie uns nähere Mitteilung machen, wo das liebe Kind sich diesmal bei ‹die Hitze› eine Migräne zu holen wünscht, lieber Bielow? Sie hat, wie gewöhnlich bei unsern Begegnungen auf den Pfaden dieser Welt, so auch hier und jetzt mit ziemlicher Rücksichtslosigkeit Beschlag auf Ihre Veranlagung zur Geduld gelegt.»

Veit wußte keine Auskunft zu geben. Einem Gedanken, der ihm durch den Sinn schoß, hätte er unter keinen Umständen an dem heiter-behaglichen Frühstückstisch unter der Vorhalle des übervölkerten Hotels Ausdruck geben können. Er wies denselben aber auch für sich selber von sich; denn die Tage waren hingegangen, und nichts ist so mächtig als die hinfließende Zeit, um der Menschen erregte Gemüter wieder auf das gewohnte Gleichmaß zu stimmen. Er schwamm schon wieder so mit im Strom, zumal da auch das Fräulein vollkommen ihre alte Tonart gegen ihn aufgenommen hatte.

Wir lassen ihn unter dem Geplauder und dem leichten Scherz der fröhlichen Sommertafelrunde und folgen jener bergaufführenden Spur der abhanden gekommenen Schönsten im Kreise.

Es verhielt sich in der Tat so, wie die Gesellschaft es sich aus den Berichten Adolfines und des gelehrten myopischen Onkels Anton zusammengelegt hatte. Valerie hatte ein Roß und einen Knaben für diesen Tag gemietet und war in die Berge gezogen, ohne Verwandte und Freunde vorher davon in Kenntnis zu setzen. Der gute Onkel Antonio hatte bei seiner frühen Brunnenpromenade diesmal ganz recht gesehen, als er jene lichte Gestalt auf dem Reitwege jenseit des Tals im ersten Morgensonnenschein aufwärts gleiten sah und, die Brillengläser putzend, kopfschüttelnd brummte:

«Was hat der unruhige Gast, was hat das Mädchen nun wieder vor?»

Wir aber treffen diesen «unruhigen Gast» erst um die Mittagszeit, und zwar tief genug in den Wäldern und in sonderbarster Gesellschaft – nämlich im eingehendsten Verkehr mit den Überbleibseln der Familie Fuchs, dem alten Räkel und seinen beiden Jungen.

Wenn Fräulein Valerie ausgezogen war, den Fuchs zu suchen, so konnte sie das nicht glücklicher treffen; denn es kam leider nur selten vor, daß jemandem der Aufenthalt desselben in der Wildnis bei rechter Arbeit und am ordentlichen Tagewerk nachzuweisen war. Aber es verhielt sich diesmal wirklich so. Der Räkel hatte sich gleich am Tage nach dem Begräbnis seiner Feh beim Oberförster gemeldet und um Beschäftigung beim «Schneebruch» gebeten. Und unter den Schneebruch- und Windfallhölzern des jüngstvergangenen Winters hatte er sich mit in die Reihe gestellt im Kampfe gegen die bitterböse «Wurmtrocknis» und – man mußte ihm das lassen – seit einer Woche wie drei geschafft gegen den Borkenkäfer.

Wie der Forst aussieht, wo der Sturm und Schneebruch gewirtschaftet haben und Bostrychus Typographus seine Wirtschaft anfängt, das weiß man wohl. Lieblicher wird die Gegend nicht dadurch. Was Wind und Schneewucht nicht gebrochen haben im Fichtenbestand, das schlägt die Axt so bald als möglich nieder. Geknickte und gefällte Stämme liegen dann im Wirrwarr durcheinander, totes, staubig-harziges, grauweißes Gezweig liegt zu hohen Haufen getürmt. Die Berglehnen werden bloß; und Felsenfratzen, die der Wald seit hundert Jahren versteckte, grinsen wieder ins Tageslicht hohnlachend hervor unter der Decke, die jetzt Menschenhand mit hastigster Eile fortschafft, um – größten Schaden durch den Wurm zu verhüten.

In einem derartig durch die letzten Winter zugerichteten Talkessel hatte Volkmar Fuchs selber jetzt eine ganz ähnliche Hütte aufgerichtet wie die, welche ihm seine Dorfgemeinde auf der Vierlingswiese gebaut hatte. Aber sein Herdfeuer, an dem er nach seiner eigenen Kunst eine kuriose Kocherei übte, glimmte diesmal vor derselben unter einem vom Berghang vorstehenden

Steinblock; und neben dem Feuer und Kessel war Fräulein Valerie zu einem Sitz eingeladen worden. Auch zu ihrem Teil an dem Inhalt des Kessels hatte der Räkel sie höflich genötigt; aber für diese Höflichkeit hatte sie bis jetzt gedankt, obgleich die Sache gar so übel nicht roch und der junge Begleiter dem Waldmann ganz verständnisvoll zunickte, mit der Zunge um die Mundwinkel leckte und mit dem Zeigefinger über die Lippen strich. Das Fräulein hatte sich mit einem Griff in ihre Kleidertasche und einiger Schokoladefabrikantenware begnügt, und nun saß sie inmitten dieser abenteuerlichen Tischgesellschaft, und obgleich die zärtlichen Verwandten und guten Freunde drunten im Tal und Aktienhotel «vieles von ihr gewohnt» waren, so würde ihnen doch ein solcher «Exkurs ins Extravagante», wie Papa sich vielleicht ausgedrückt hätte, als über das Maß des Gewöhnlichen hinausgehend erschienen sein, wenn ein Zauberspiegel ihnen plötzlich die Situation an die Wand ihres Salons geworfen hätte.

Als wir an diesem Tage das schöne Mädchen im wilden Forst unter den Windfallhölzern auffanden, war die intimste Bekanntschaft mit der Familie Fuchs bereits gemacht und hatte Fräulein Valerie dem Räkel seine Dorf-, Wald- und Welterlebnisse, seine Familiengeschichten so ziemlich abgehört. Wir treffen Volkmar mit dem Taschenmesser in der einen Faust und dem schwarzen Brotlaib in der andern ihr gegenüber bereits am letzten Ende der Unterhaltung.

«Ich hätte das Begängnis niemalen zugegeben ohne diesen Herrn, der auch Ihr guter Bekannter ist, wie Sie sagen, Fräulein. Jetzt wollen's die Canaillen im Dorf bloß auf den Doktor und die Gesundheit schieben, wie sie mich infam traktiert haben und die Frau mir haben eingehen lassen in der Einöde. Das Wildbret, das Vieh gehört in das Dickicht, wenn es angeschossen ist oder sonst verkümmert. Der Mensch in seiner letzten Not gehört hinter vier ordentliche Wände, und selbst wenn er keinen Groschen in der Tasche hat und am Wege gefunden ist. Mit ihrem öffentlichen Wohlsein! Als ob sie selber sich zum allgemeinen Besten, bei Regen und Sturmwind, auf die Vierlingswiese hinausverfügten, wenn ihnen das Giftfieber in den Knochen brennt und ihnen die Haut auseinander reißt?!

Das war die Sache, daß ihnen eben der Räkel mit seiner Feh und seinen Jungen niemals und nirgends besser wohin paßte als auf den Mist. Da war ihnen die Ordonnanz vom Doktor Hanff das rechte gefundene Fressen. Nicht einer unter dem Volk, der nicht mit Vergnügen Hand angelegt hätte, den Volkmar Fuchs mit seinem kranken Weibe dahin zu spedieren, wohin er nach ihrer Meinung immer gehörte. Er hatte es ja von Kindesbeinen an darnach gemacht – sackerment! Ja, ohne das liebe Fräulein Phöbe aus dem Pastorhause hätte ich ihnen schon in der ersten Nacht nach unserer Austreibung was angerichtet, woran sie über Jahr und Tag noch wieder aufzubauen haben sollten. Ohne der ihr eigen Kopfkissen und Bettdecke – jaja – na, na! Na, das ist ja nun aber auch vorüber und die Welt noch vorhanden, und das Dorf habe ich ja auch stehen lassen; – hier sind wir alle – was noch von uns übrig ist, ziemlich wohlauf und warten bei den Fichtenwürmern aufs nächste, was uns von oben oder unten zuteil werden mag. Die Feh ist ja nun in Sicherheit vor Hunger und Kummer, Regen und Wind und Schimpfgerede; und mit Spörenwagen bin ich auch so ziemlich aufs reine, und ich würde hiervon auch gar nicht wieder angefangen haben, wenn die schöne Dame es mir nicht so herausholte. – Da kam mir der Herr Pastor Hahnemeyer – ja der! Da kam er mir in meiner Frauen Sterbenacht und wollte mir auf seine Weise zum Verständnis reden. Ich könnte heute fast darüber lachen, denn auf seine Weise ist der ebenso eine Unglückskreatur als wie ich; und wäre er jung geworden und aufgewachsen als wie ich, so wäre er heute ganz wie ich, aber umgekehrten Falls vielleicht ich noch lange nicht wie er. Der hat seinen Ingrimm und seine Lust und Ratlosigkeit auf der Erde an die Heiligkeit gewendet, darauf muß er nun bis zu Ende reisen – wir sind alle unruhige Gäste auf des Herrn Erdboden, sagt Fräulein Phöbe –, und ich, ich hätte ihn erwürgt in der Nacht nach dem Absterben meiner Anna ohne den Schluck, den er aus meiner Flasche nahm bei der Leiche. Der hat ihm meine Faust von der Gurgel gehalten in meiner Tollwut, und so war es nur eine Erleichterung, als er abging und uns auf der Wiese wieder bei uns alleine ließ, nachdem er in Erfahrung gebracht hatte, daß er uns mit seinem Buche und seinem Predigen nicht zur Vernunft anleiten möge. Die Kinder schliefen wohl schon unter seiner Rednerei ein; aber ich habe bis an den nächsten Morgen mit Vergnügen bei meinem Weib wach gesessen und wegen dem armen schwarzen Mann gradeso erleichtert hinter der Faust gelacht wie wegen dem Lümmel, dem Vorsteher – nämlich ihrer unbändigen Verlegenheit halber. Mit dem Lachen auf den Stockzähnen ist's aber aus und zu Ende gewesen, als dann Fräulein Phöbe und der fremde Herr, Baron oder Professor oder was er ist, kamen und ihr Heil versuchten. So feine Besuche hatte ich noch mein Lebtage nicht gehabt und werden mir auch wohl mein Lebtage nicht wieder passieren. Ein liebes Paar – liebe Dame! So vornehme Leute, wie ich nicht auf Erden für möglich geachtet habe, trotzdem daß ich doch auch mal auf dem Versuch mit meinem Herrn Grafen in Berlin gewesen bin! So grundverschieden und doch so ganz für einander gemacht in ihrer Meinung. Grade wie wenn zwei Wasser zusammen sich geben hier im Revier, wo das eine, das im Sprung von der Höhe kommt, das andere trifft, das im Tal hingeschlichen ist, wo man es kaum hörte im Dunkel und Buschwerk, und wo beide sich gar nicht darüber zu verwundern brauchen, daß sie so gut zueinander passen, da sie doch von Erschaffung der Welt an vorher nichts voneinander gewußt hatten.»

«Das haben Sie sofort herausgefunden, Meister Fuchs?» fragte Valerie, die bis hierhin ruhig und nur mit dunkel zusammengezogenen Augenbrauen den Räkel hatte reden lassen.

«Sitzen Sie mal so wie ich, schönste Dame, ob Sie es da nicht auch gleich spüren, was an der Menschheit ist, die bei Ihnen eintritt und Ihnen Ihre Wut und Tollheit abhandeln will! Da tut's manches nicht, womit der Mensch sonst beim Menschen manches ausrichtet. Nicht Grobheit und Drohung mit den Landdragonern, nicht Geld und auch nicht bloße gute Worte. Vom Hinweis auf unsern Herrgott und seinen großen und kleinen Katechismus gar nicht zu reden. Da muß das anders kommen, wenn einem da ein Licht in seinem Elend aufgehen soll! 's war mir doch, als ob meine Anna unter ihrem Sackleinen und der Heide, welche ihr die Kinder übergeschüttet hatten, lache, wie sie lachte, als Spörenwagen und ich um sie einander zuerst vor die Brust griffen. Und so hatte ich den Sonnenschein seit Wochen nicht in der Kabache gehabt, als wie die zwei, Fräulein Phöbe und der Herr Baron, jetzt darin standen und mir ihren Vorschlag taten. Als die in ihrer Seele eins wurden vor dem Tode, ist es mir in meiner Seele bloß als ein Licht aufgegangen: ‹Und auf das Pack um dich her hast du was gegeben, Fuchs, wo doch so was möglich ist in der Welt?› habe ich mich gefragt. Und nun frage ich Sie, liebe Dame, hätten Sie Ihre Einwilligung zurückgehalten? Hätten Sie sich vor solch einem Herrn und solch einem Fräulein blamieren mögen? Ne, Sie hätten grade wie ich Ihre Anfechtungen hinuntergeschluckt und dabei es wie eine heiße Hand um Ihre Gurgel gefühlt. Sie hätten, grade wie ich, Ihren ältesten Feind Spörenwagen mit seinem Edelmut frei passieren lassen, als er in der Abenddämmerung mit seinem Karren und Sarge auf die Vierlingswiese anrückte. Und am andern Morgen, immer in der Gegenwart von dem Herrn Baron und Fräulein Phöbe Hahnemeyer, hätten Sie unter der begrabenen Bauernschande ruhig angehört, was der Herr Pastor noch über Sie und Ihre Jungen zu bemerken hatte. – Was uns anbetrifft, so hat sich der Räkel mit seinem Mädchen und seinem Jungen hinter all diesen noblen Leuten vom Kirchhofe weg in den Forst geschlichen, und da hat er Ratsversammlung gehalten zu drei und gemeint: ‹Haben die Halunken den Bau aufgeführt, so sollen sie ihn niederlegen ohne uns. Was sie darin von uns noch finden, schenken wir ihnen, Pestilenz, Ansteckung und alles. Nun tut mir aber die Liebe an, Bälger, und legt euch nicht selber! Mit eurer lieben Feh und Mama ist das ja nun doch anders in Ordnung gebracht, als wir es uns mit ihr vorgenommen hatten; na, und nun laßt es auch euch so lieb sein. In die Schule holen sie euch wohl noch nicht wegen ihres allgemeinen Wohlbefindens – also, meinswegen, melden wir uns beim Oberförster von wegen Arbeit beim Windbruch, so weit als möglich weg aus ihrer Witterung.› Sehen Sie, liebe Dame, da steht des Räkels neues Wohngebäude, da behilft er sich nun auch ohne seine Feh! Heb den Pott von den Kohlen, junger Räkel, heb den Deckel vom Pott, junge Feh. Also Sie wollen wirklich nicht mithalten, liebe junge Dame? Eselstoffel, dann rücke du wenigstens ran.»

Die fremde junge Dame überwand den letzten Schauder vor der Kochkunst ihrer Wirte. Wie Prudens Hahnemeyer getrunken hatte mit den Armen und Elenden, aß sie mit ihnen. Sie brach ein Stück von dem schwarzen Brote, das ihr der Waldarbeiter hinhielt, tauchte es in die verdächtige Brühe und aß. Dann wandte sie sich an ihren Begleiter und sagte mit tiefem Seufzer:

«Eselstoffel, wenn wir gegessen haben, wollen wir weiter.»

Fünfzehntes Kapitel

Die sinkende Sonne dieses Tages hatte Phöbe Hahnemeyer im seele- und sinnzerrüttenden Nachgrübeln und ihren Bruder im unruhigen Erstaunen und einigen Unmut über einen Besuch gefunden, den beide Geschwister am Nachmittage zu empfangen hatten.

Die Zeitlichkeit als Weib, in all ihrer Liebenswürdigkeit und Schönheit, hatte das stille asketische Pfarrhaus im Gebirge überfallen, es sozusagen mit Sturm genommen und jedenfalls durchaus nicht vorher um die Erlaubnis dazu angefragt.

Fräulein Valerie, der unruhige Gast, hatte ihr Reittier samt ihrem Knappen nach dem Dorfkruge geschickt und war in die Laube an dem versunkenen Kirchhofe und im Schatten der Kirche eingetreten – lächelnd, sieghaft, fürstlich und vor allem mit herzbezaubernder Freundlichkeit und Natürlichkeit.

Sie hatte nicht einmal das alte, schon biblisch bekannte Mittel gebraucht, einen Trunk aus dem Brunnen für ihren Durst zu fordern, um die Bekanntschaft einzuleiten. Sie hatte einfach gesagt, wer sie sei und wie sie heiße, hatte gesagt, daß sie drunten im Bade wohne und daß sie eine gute Bekannte des Herrn Veit Bielow, des Jugendfreundes des Herrn Pastors, sei.

«Und entsetzlich heiß und staubig und langweilig ist's da unten, und Professor von Bielow, der ein so guter Freund des Herrn Pastors ist und ein so großer Lobredner dieses lieben Fräuleins geworden ist, hat mir so viel von diesem lieben, gastlichen Hause berichtet und von den Felsen und Wäldern und Leuten umher, daß ich widerstandslos das alles selbst kennenlernen mußte. Und nachdem sie mich gestern abend im Hotel um den letzten Funken von gutem Humor gebracht und von jeder Rücksichtnahme auf Papa, Onkel und sonstige Familien- und Gesellschaftsgenossenschaft entbunden haben, bin ich ihnen allen heute morgen in der Frühe durchgegangen und bin unter dem Schutz und Schirm des Eselstoffels hierher gekommen und habe mich in der Wildnis umgetrieben, um frische Luft zu schöpfen. Sehr hungrig bin ich auch; denn nur mit einem Zwieback und einer Düte voll Zukkerwerk bin ich ausgeritten, und was aus mir geworden wäre, wenn mich nicht ein wilder Waldmensch ganz zivilisiert zu seiner Suppe eingeladen hätte, das weiß ich nicht. Ja, Glück habe ich immer; auch dieser wilde Mann war mir schon ein Bekannter; und seine Axt, sein zottiger Bart, seine Reden und seine beiden Kinder durften mir weiter keinen Schrecken einjagen. Herr von Bielow hat uns da unten fast ebensoviel von dem Räkel wie von Ihnen, mein liebes Fräulein Hahnemeyer, erzählt; und da saß ich nun im Herzen der Romantik und tauchte des Räkels schwarzes Brot in seinen Topf gradeso, wie der Herr Pastor hier in jener schlimmen Nacht aus seiner Flasche getrunken hat. Die Leute zutraulich zu machen, ist ein Talent, zu welchem man geboren werden muß, Herr Pfarrer. Ich gehöre von heute an vollkommen zu der Familie Fuchs. Sie hat mir stundenlang das Geleit gegeben, und nun läßt sie herzlich grüßen; und herzlich bitte ich, mir meine Andränglichkeit zu verzeihen. Papa, der leider Gottes stets wenig an seiner Tochter zu loben hat, nennt dies Valeriens grenzenlose, widerstandslose, rücksichtslose Zuversicht im Menschenverkehr, und nun, bitte, fürchten Sie sich nicht zu arg davor! Lassen Sie auch mich wie Herrn Veit Bielow ein Stündchen in Ihrer Stille sitzen und ausruhen!» ...

Nun hatte sich freilich Fräulein Phöbe als rechtes Weib im geheimen gefragt: «Sollte jener Mann wirklich dort unten im Tal unter den Seinigen und den Fremden über mich – über uns so laut gewesen sein?» Aber viele Waffen hatte sie gegen die wunderschöne, lachende, rauschende und doch auch wieder so ernsthaft teilnahmvoll blickende und redende Fremde, die so plötzlich auch zu einer Gastfreundin oder gar einer Freundin werden wollte, nicht gehabt. So hatte Valerie nicht nur ebenfalls in der

Laube am alten Kirchhof gesessen und die Unruhe im Turm gehört, sondern sie hatte auch das Haus gesehen, von der Küche im Erdgeschoß bis zu den Fenstern im obern Stock, denn «von dort aus sollte ja die Aussicht so wunderbar schön sein».

Auch in Phöbes Stübchen und Kämmerchen war sie gewesen und hatte in letzterm die kleine Bleistiftzeichnung der Idiotenanstalt Halah vom Nagel über dem Bett abgehoben und dieselbe sehr hübsch und interessant gefunden. Sie hatte erzählt, daß ihr guter Onkel Anton im Ministerium des Kultus an diesen wohltätigen, barmherzigen Einrichtungen viel Anteil nehme und nach Kräften in seiner Stellung sich bemühe, dafür zu wirken. Über dieses war die junge Schulschwester sehr erfreut und dankbar gewesen. Auch seine Kirche hatte Prudens Hahnemeyer seinem diesmaligen Gast aus der Weltlichkeit aufschließen und zeigen müssen, und die Fremde hatte sich sehr gut und still darin betragen. Sie hatte leise erzählt, daß sie auf Reisen sehr gern in solche kleine Kirchen gehe und sich still in einen Stuhl setze, vorzüglich in katholischen Ländern, wo man nicht erst den Küster mit seinem Schlüsselbund zu holen brauche. Von allerlei Kirchen, an welche diese gegenwärtige Kirche sie erinnerte, hatte sie gesprochen, hatte dann nach den Totenkränzen hinter dem Altar gefragt und die Tafel mit den Namen der drei aus dem Dorfe im Franzosenkriege Gefallenen gelesen. Dabei hatte sie mitgeteilt, daß auch einige von ihren Verwandten mit im Felde gewesen seien und daß ein junger Vetter von ihr, ein guter, prächtiger Junge, auch vor Metz gefallen sei und bei Saint-Privat unter der Garde mit begraben liege. Hierdurch war die Rede ganz natürlich noch mehr auf Leben, Sterben und Begrabenwerden der Menschen gekommen, und da der Pastor Prudens nun wirklich nicht länger Zeit hatte, sondern in sein Studierzimmer zu seiner Predigt zurückmußte, so hatte Fräulein Valerie Fräulein Phöbe sanft unter den Arm genommen und ihr zugeflüstert:

«Wie furchtbar ernst und wie böse auf mich Ihr Herr Bruder ist, Liebste! Ich gefalle ihm gewiß nicht recht; – es tut mir leid, aber ich kann wirklich nichts dafür. Und Sie, Sie müssen doch wohl manchmal ein recht schweres Leben bei ihm haben in seiner Schweigsamkeit?! Wir wollen ihn jetzt gehen lassen zu seinen

Büchern. Ach, wenn er nur wüßte, wie grade uns bunte Törinnen im öden Lärm und Wirbel da draußen unter unserer Tanzmusik dann und wann die bitterste Sehnsucht nach solcher Stille und Ruhe wie hier um ihn und Sie überkommen mag! Dann sähe er nicht so verdrießlich auf mich hin! Bleiben Sie freundlich, aber lassen Sie auch uns wieder ins Freie. Mich fängt an hier zu frösteln, lassen Sie uns wieder in die Sonne, Phöbe, – in dieser Kühle merkt man es erst, wie sehr die Sonne zu einem gehört, schiene sie uns selbst auf einem Kirchhofe. Er ist zu seinen Büchern, lassen Sie uns auch gehen, Liebe, Süße; – zeigen Sie mir das Grab der Feh.» ...

«Das Grab der Feh?» hatte Phöbe gefragt.

«Das letzte, das jüngste Grab auf eurem Friedhofe, Kind! In der Gesellschaft da unten war viel Redens darüber, was der Staat, die Polizei und Kirche mit dem armen Mann anzufangen habe, der wie Michel Kohlhaas im Streit, aber nicht mit den Junkern, sondern mit seinesgleichen liege. Ich aber möchte den Hügel seines toten Weibes sehen, Fräulein Hahnemeyer!»

Die Stimme, mit der das gesagt oder geflüstert wurde, war plötzlich hart und rauh geworden, der Gesichtsausdruck der schönen, lachenden Fremden strenge und zornig. Überrascht, erschreckt, einen Augenblick mit unsäglicher Angst, blickte Phöbe Hahnemeyer auf den Gast, aber nur einen Augenblick; dann neigte sie das Haupt und wies stumm unter der Kirchtür mit jener ruhigen Anmut, die aus der höchsten Höflichkeitsschule der Welt stammt, den Pfad an und schritt auf ihm voran. Aus Halah-Schmerzhausen wußte sie, wie verschiedenartiges Elend es auf Erden gab und was Menschen auf ihr leiden müssen.

Sie öffnete die kleine Pforte in dem niedrigen Zaun und ließ die Fremde vorantreten: «Dort links, dem Felsen zu.»

Die rote Abendsonne überglänzte wieder die Gräber des Dorfes, die Klippen, Tannen und einzelnen Steinblöcke umher, die Berge und die weite Ebene über die Berge hinaus. Die beiden Mädchen hatten die Schönheit und die tiefe Stille ganz für sich allein.

«Hier hat der Herr die arme Anna Fuchs in seiner Liebe gebettet.»

Valerie, ihr weißes Taschentuch in den erregten, zitternden Händen zerzerrend, flüsterte:

«Ich weiß es ja wohl, wie Sie ihm dabei geholfen haben! Von dem Freunde drunten im Kurhause, im Narrenschwarm habe ich es gehört, auf welche liebe, aber sonderbare Weise Sie es fertiggebracht haben, den Räkel zu zwingen, euch und der dummen Welt zu Willen zu sein. Es verlohnte sich der Mühe!»

«Oh!»

Das war ein Aufblitzen des Schmerzes, des Zornes, wie das die junge lutherische Nonne bis jetzt nimmer in ihrer Seele erfahren hatte. War das jetzt erst die richtige Welt, von der der Herr wußte, daß es den Seinigen besser sei, wenn sie nichts damit zu schaffen hätten? Hatte jener Mann aus dem unbekannten Treiben auch dieses zu einem Unterhaltungsthema drunten im Lärm der Erde gemacht? Hatte er so gesprochen, daß diese Unbekannte, diese ganz unbekannte Fremde, sich das Recht nahm, so hier zu sprechen?

Wie diese rote Sonne blendete! Und was war das? Diese Fremde, diese Unbekannte legte ihr, der armen Phöbe, jetzt heftig und doch wie schwesterlich-zärtlich den Arm um die Schultern und rief weinend:

«Oh, wußtest du genau, was du tatest, als du dich so bandest und ihn an dich?! Dachtest du nicht vorher nach, ob du nicht anderen – einer anderen hierdurch wehtun könntest – für alle Zeit, für ihr ganzes, armes Leben?! ...»

Doch nun war es, als seien die Rollen, wenn dieses der richtige Ausdruck hier sein kann, zwischen den beiden ausgetauscht. Erbleichend und schweratmend machte Phöbe sich frei von dem Arm Valeriens. Streng und hart sah sie ihr in das leidenschaftliche, zuckende Gesicht, und hart und klar war die Stimme, mit der sie fragte:

«Also deshalb sind Sie zu mir gekommen?»

«Ja, ja – ja!»

«So fragen Sie die Tote da unten und den barmherzigen Gott über uns, wem zu Ehren ich meinen Schrecken über den Einfall überwand, wem zuliebe ich hierzu eingewilligt habe. O, und nun gehe wieder und laß mich allein in meiner neuen Verstörung.

O, du hattest kein Recht, mich an diesem Orte so zu ängstigen. Gewiß nicht! O bitte, nun gehe zurück zu den Deinigen und laß mich versuchen, hierüber mit meinen Gedanken zurechtzukommen; – ich habe diese Sonne jetzt wie blutige Flammen im Auge und kann mich nicht besinnen. O, wie soll ich nun an diesen Mann denken, dem meine Seele eben noch nur dankbar in ihrer Zuneigung nachfolgte? O, weshalb ist dein Freund nicht seines Weges weitergegangen und hat uns mit unsern Nöten und Ängsten alleingelassen? Gehe du nun wieder und suche dich auch zu besinnen und sprich kein Wort von dieser Stunde und Stelle, bis der Herr uns geholfen hat, bis er dich und mich aus dieser Verwirrung herausgeführt hat!»

Sie stand auf ihrem Eigentum neben der Ruhestelle der Feh und legte die Hände zusammen und sprach, jetzt wieder leise wie ein Kind, das sein Abendgebet spricht:

«Und gib uns deinen Frieden, Amen!»

Sechszehntes Kapitel

Es war ziemlich spät in den Abend hinein, als Valerie wieder bei den – Ihrigen anlangte. Noch einmal hielt sie in der lauen, doch frischen und wohligen Luft der Höhen, in der tiefen Dunkelheit unter den Tannen des letzten Bergabhanges ihr Tier an auf dem Reitpfade, leise fröstelnd sich zusammenziehend vor dem schon bis hierher aufwärts hallenden Lärm des Tals. Auch die Lichter aus den hohen Fenstern der Säle, die Lichter von den Villen und Ortshäusern leuchteten bis hierher zu ihr auf. Bunte Lampen glänzten aus den Gartenanlagen und Baumgängen, und rote, grüne und blaue phantastische Feuerwerkskünste erhellten hie und da auf kurze Augenblicke einen Fleck in der Finsternis. Die große Fontäne trieb fort und fort ihre weiße Säule empor, hoch über die Baumwipfel vor dem Kurhause, und ihr Rauschen war ebenso deutlich zu vernehmen wie die Töne der musikalischen Abendunterhaltung, zu der man «Fräulein Tochter sicher zurückerwarten durfte», wie Papa am Morgen aus «sicherster Quelle» erfahren hatte.

Das müde Tier unter der Reiterin rührte sich kaum; auch Valerie saß jetzt regungslos im Sattel, den Ellbogen auf dem Knie, das Kinn mit der Hand stützend.

«Suche dich zu besinnen!» murmelte sie. «Wie sie das sagte da oben in ihrer Stille und Herzensruhe – in ihrer harten Sicherheit! Und ich soll zu *ihm* nicht weiter reden darüber, wie wir über ihn verhandelten?! Das ist nun ihre Meinung und Kenntnis von uns armem Volke! Uns hastigen Schwätzern und nervösen Lärmmachern?! Wie sie jetzt im Frieden ihres Gottes sitzen und lächeln wird, nachdem sie sich mit Ruhe ausgeweint hat – wie sie in dem Herrn Mitleid haben wird mit der Welt Fratzen und Aufbegehren – mit der eifersüchtigen, neidischen, scheelsüchtigen Törin – mit dem Kinde, das nach der Tischecke schlug – mit mir! Besinnung, Besinnung! Wie ich sie hasse für den Ton, mit dem sie das Wort aussprach! Ja, was für ein Gesicht er wohl machen würde, wenn ich in einer halben Stunde Besinnung genug wiedergewonnen haben werde, ihm unter den anderen die Sottise dieses Tages mit Lachen vor die Füße zu schieben? ... Avanti, Beppo!»

Der Eselstoffel verstand das Wort trotz der Verwechselung seiner Persönlichkeit mit der eines Führers auf südlicheren Bergpfaden sofort.

«Na, denn weiter, Murjahn», brummte er, in seinem dicken Kopfe überlegend, daß er noch nie ein so kurioses Frauenzimmer wie dieses so einen Tag über, so über Stock und Stein, durch Wald und Bruch, durch dick und dünn habe vor Schaden bewahren müssen – zugleich das Trinkgeld nach der Kuriosität und seinem Verdienst wie nach der Geduld seines Tieres abmessend und berechnend. «Verrückt sind sie meistens alle», brummte der Eselstoffel, seinerseits die Albernheit dieses Tages in seiner verständigen Seele erwägend, «aber dies war doch die Tollste, die jemalen dem Murjahn und mir aufgesessen ist. Lacht sie oder weint sie, ist sie lustig oder wütend und giftig, will sie einen Taler herausholen oder euch mit der Gerte zwischen die Ohren oder um den Buckel hauen, das kriege einer raus. Hört sie auf das hin, was du ihr über Ortsangelegenheiten berichtest, oder tut sie ihre dummen Fragen nur, um dich zum besten zu haben, –

der Teufel werde klug daraus. Ja, so sind sie, diese Vornehmen! Unklug sind sie alle, und bringen die einen es hier schon mit her, so werden die andern es hier von unserer gesunden Luft und berühmtem Wasser, und wenn diesejenige es nicht schon lange in ihrer Heimat gewesen ist, so ist sie's heute hier geworden. Mein Je, nur ihr Verkehr mit dem Fuchsbau im Schneebruch! Na, so soll sie mir aber nicht kommen wollen wie dem Räkel, dem sie nicht mal 'nen blutigen Groschen für seine Einladung zu seiner Köhlersuppe geboten hat. Mir soll sie schon ran für gute Führung und höfliche Unterhaltung. Mir soll sie schon den Geldbeutel ziehen, und nachher – adje, Fräulein, und schicken Sie mir bald eine andere von Ihrer Sorte! So, und da sind wir ja wohl wieder mal zu Hause, Murjahn. Dir kann's ja auch wohl egal sein, wer dir morgen aufhuckt, wenn sie's nur mit dem Gewicht nicht zu unmenschlich an sich haben.»

Sie hielten nun wieder auf dem Promenadenplatz an dem gro-ßen Springbrunnen, und der Knabe vom Berge mußte, seinem Grinsen im Schein der nächsten Laterne nach zu urteilen, doch einigen Grund haben, mit seinem Honorar in der Hand einen Luftsprung zu tun. Er bezwang sich jedoch, wünschte mit sto-ischer Verdrossenheit eine wohlzuschlafende Nacht und meinte in seiner menschen- und weltverständigen Seele:

«Nur nicht diesem Volke zeigen, wenn man mit ihm aus-nahmsweise zufrieden sein kann. Nichts wird leichter zäher und hartnäckiger und kommt einem armen Menschen infamigter mit der verfluchten Badetaxe vom Bahnhof an bis auf die weiteste schöne Aussicht als wie diese abgefeimte Bande!» –

«Mein Gott, da ist sie ja!»

«Aber Kind, wo hast du wieder einmal gesteckt?»

«Gnädigste, wie können Sie dieses verantworten? Totale Son-nenfinsternis den ganzen Tag über. Allgemeines Trauern in Sack und Asche. Alles ein einziger Schrei nach Licht – unserm Licht, gnädigstes Fräulein!»

«Valerie, wo blieb unser Vertrag? Der Ritter ging umher mit deinem Handschuh am Helm; aber die Dame hatte ihn diesmal durchaus nicht nötig gehabt auf ihren Pfaden – wo bist du ge-wesen, Cousine?»

«Wo die Welt mit Brettern vernagelt war, lieber Vetter. Selbst du würdest mir wahrscheinlich dort nicht hindurch- und weitergeholfen haben. Was ein harter Kopf vor solcher Wand auszurichten vermag, habe ich selber versucht, und ohne den geringsten Erfolg. Hast dich aber mit der Rose da in deinem Knopfloch wohl rasch getröstet, mein Tapferer. Alice wird den Busch wohl kennen, von welchem sie gerupft worden ist. Nun aber, Kinder, liebe Leute, bester Papa, ja, ich bin abwesend gewesen im Körper und vielleicht auch ein wenig im Geiste, und nun bin ich wieder da, wieder unter euch und freue mich, euch alle so vergnüglich wiederzusehen, wiederzufinden. Natürlich nichts von Bedeutung vorgefallen während meiner – Abwesenheit, absence – demence?! Onkel Anton, du bist ein Bibelkundiger; – was bedeutet: ‹Und er macht sie irre auf einem Unwege, da kein Weg ist!?› Das Wort soll im Buche Hiob stehen und ist mir heute dort oben in der Wildnis zitiert worden; aber ich frage dich wirklich besser danach, wenn wir zwei einmal miteinander allein sein werden. Also, ihr andern, nichts Neues unter uns Verständigen?»

«Neues? Vollkommene Öde, Wüste, Leere um uns her. Sämtliche Fähigkeit, auf das Chaos, die Welt Achtung zu geben, erloschen mit der Verfinsterung der Sonne – unserer Sonne! O Fräulein Valerie, wie konnten Sie so sein? Einer aus unserm Kreise scheint unserm allgemeinen Schicksale ganz speziell gänzlich zum Opfer gefallen zu sein. Nun, Doktor, wie geht es Ihrem Patienten?»

Doktor Hanff, der soeben auf der Terrasse vor dem Kurhause in den Lichtschein, den Geigen- und Flötenklang der musikalischen Soiree und in die Unterhaltung eingetreten war, machte ein Gesicht, welches diesmal nicht völlig zu der Heiterkeit des Kreises paßte. Er zog auch die Schultern ein wenig in die Höhe, als er sagte:

«Ich darf leider den Herrschaften nicht verhehlen, daß mir der Zustand des verehrten Herrn einige Sorge macht. Nun, die erste Diagnose kann ja aber nicht maßgebend sein für den Verlauf der Sache. Wir werden eben morgen weiter sehen müssen. Das Fieber ist freilich ziemlich hochgradig. Nun, wie gesagt, ich bitte Exzellenz, den Zufall wenigstens nicht sofort von der bedenklichsten Seite anzusehen.»

Das Auge Valeriens flog mit dunkler, angsthafter Glut im Kreise ihrer Freunde, Verwandten und Reisegefährten umher.

«Ist jemand erkrankt?» fragte sie leise, scheu, mit stockendem Atem.

«Leider, wie es scheint, dein besonderer persönlicher Gönner und Günstling, Baron Bielow, Kind», antwortete der Papa. «Der Doktor spricht von möglichen gastrischen Komplikationen; ich lese da wie immer in solchen Fällen nicht ohne einige Unruhe zwischen den Zeilen. Recht unangenehm! Sowohl für den Betroffenen selbst wie auch für seine nächste Umgebung, unter obwaltenden Umständen also auch für uns in seiner Nachbarschaft, unter einem Dache mit ihm.»

«Kenne die Symptome noch ziemlich genau von Versailles her, meine Gnädige», murrte verdrießlich einer der älteren militärischen Begleiter. «Keine Idee von Sonnenstich, wie Komtesse Alice meinten; – Typhus ganz einfach. Was hatte auch der extravagante Mensch, wie das so allmählich in die Tagesordnung durchsickerte, überall herumzukriechen, um das in die Gesellschaft einzuschleppen? Exzellenz haben ganz recht – im hohen Grade peinlich diese Geschichte! Nicht so, Doktor?»

Doktor Hanff zuckte von neuem die Achseln; aber Fräulein Valerie, deren Augen während dieser Unterhaltung von einem Gesichte zu dem andern im Kreise ihrer Gefährten umgewandert waren, schien die Betäubung wie in einem Krampf von sich zu schütteln. Sie trat auf den Arzt zu, faßte seinen Arm und flüsterte ihm zu:

«Kommen Sie – reden Sie zu mir!»

Sie zog ihn einige Schritte abseits. Im Schatten des nächsten Baumes fühlte er ihren Atem heiß an seinem Gesicht:

«Was wurde da erzählt? Ich bitte, verzeihen Sie mir – ich bin den ganzen Tag im Freien gewesen, in der Sonne – dieser Lärm betäubt und verwirrt mich vollkommen. Wovon war da eben die Rede? Wonach fragte man Sie, und was wußten Sie diesen Leuten zu sagen? ... Was ist das mit dem Mann? Doktor, ich weiß es ja auch schon, wo dieser unbedachtsame Mensch während der letzten Tage herumgekrochen ist, und ich habe heute im Walde mit der Familie Fuchs zu Mittag gegessen, und ich war da oben auf der Vierlingswiese und im Pfarrhause beim Pastor Prudens Hahnemeyer. Ich hielt den Lauf der Stunden hier unten nicht länger aus. Ich habe mir von Ihrer kleinen Begine aus Schmerzhausen ihren Friedhof und das Grab der Feh zeigen lassen. Nicht wahr, auch äußerst extravagant und absurd? Was ist mit dem Professor Bielow, Doktor Hanff?»

«Wenn mich nicht alle Erfahrung meiner Praxis täuscht und Sie nicht getäuscht sein wollen, gnädiges Fräulein, – das, was in der Familie Fuchs auf der Vierlingswiese seinen Willen gehabt hat! Das, weswegen Gemeinde und Vorsteher im Dorfe dort oben und ich von hier aus den Räkel und die Feh samt ihren Jungen aus dem Orte in den Wald schafften – das beste für alle Parteien, was sich tun ließ! Unser armer, braver, unvorsichtiger Herr hat sich meines Erachtens den Typhus – den richtigen Fleckentyphus – exanthematicus – aus der schlechtesten Gesellschaft in die beste mitgenommen. So ein alter Landphysikus weiß auch als ziemlich neugebackener Badearzt bald, mit wem er es zu tun hat, und so sage ich Ihnen, liebes Kind, das jetzt schon offen heraus, was die übrigen hochverehrten Herrschaften leider demnächst auch werden erfahren müssen. Wie Exzellenz und der Herr Major ganz richtig bemerkten – höchst peinlich, recht unangenehm für die Saison!»

«Ich danke Ihnen, Doktor», sagte Valerie. «Lassen Sie uns gute Freunde bleiben; das heißt, zählen Sie mich auch während unseres fernern Verkehrs hier am Orte zu den Menschenkindern, die nicht als Unmündige zu behandeln sind.»

Sie gab, ehe sie zu der Gesellschaft zurücktrat, unserm wackern Freunde Hanff die Hand, und er benutzte selbstverständlich die Gelegenheit, ihr den Puls zu fühlen. Dann ihr aus dem Schatten des Gebüsches in das Lampen- und Laternenlicht der Terrasse nachsehend, brummte er:

«Ziemlich normal! Wirklich ein prächtiges Mädchen! Hm, und da oben ist sie gewesen bei meiner lieben Phöbe und unserem im Herrn verdrossenen Knecht Gottes, Pastor Prudens Hahnemeyer? Mit dem Räkel und seinen Jungen hat sie am Waldfeuer aus *einem* Napf gegessen? Die Vierlingswiese hat sie sich angeguckt und das Grab der Feh? Da addiere dir nun mal allerlei zusammen, Bruder Hanff! Nun, jedenfalls wird sie bei ihrer Bluttemperatur das Ihrige tun, den Schrecken des alten Pan uns solange als möglich hier von Daphnis und Chloe, Amynt und Solimene fern- und die Herde beisammenzuhalten.»

Das Konzert war beendet, die Symphonie Beethovens verklungen, und von den glänzend hellen Sälen her erscholl jetzt wieder die Aufforderung zum Tanz lustig und laut. Die junge Dame, durch das Gewühl schreitend, hörte den Räkel am Feuer unter den Windfallhölzern vom Leben und Sterben auf der Vierlingswiese erzählen; sie sah Phöbe auf ihrem Eigentum in der Abendsonne stehen. «Suche dich zu besinnen!» hatte sie gesagt. Und zur Rechten und Linken Begrüßungen, freundlichem Wort und Scherz sich neigend, suchte Valerie aus ihrer Verwirrung es heraus zu denken, ob und wie auch ihr Bild wohl auf dem Lärm dieser Menschen und dieser Hörner, Pauken und Trompeten in die Fieberträume des erkrankten Freundes in dem großen, unruhvollen Gasthause nebenan hineingetragen werde!

Siebenzehntes Kapitel

Landphysikus Doktor Hanff hielt wieder vor dem Pfarrhause des Pastors Prudens Hahnemeyer, stieg ächzend, schwerfällig ab oder kletterte vielmehr herunter von dem geduldigen Berufsgaul, schlang den Zügel in den Ring am Türpfosten und rief kräftiglich sein: «Holla, Freundschaft!» aus dem heißen Sonnenschein der Landstraße auf den kühlen, dunkeln Hausflur hinein. Da selbstverständlich niemand antwortete, durchschritt er das Haus und fand im Garten in der Laube an der Kirchhofshecke Bruder und Schwester in gewohnter Weise wortlos einander gegenüber, den Pfarrer über einem Buche, Fräulein Phöbe mit einer weiblichen Arbeit beschäftigt.

«Glück auf!» sprach der Doktor, als der erstere emporsah und die andere sich von ihrer Bank erhob, den alten fröhlichen Bergmannsgruß, der manchen Kurgast da unten so anmutete, daß der nunmehrige schlaue Bademedikus gern den Leuten den Gefallen tat und ihn in seiner sommerlichen Honoratiorenpraxis überall da anwendete, wo er ihm hinzupassen schien, obgleich er sonst allgemach gut genug mit den landläufigern Formeln der Höflichkeit umzugehen wußte.

«Nur einen Augenblick, liebe Kinder», rief er, seinen Strohhut auf den Gartentisch werfend und sich seufzend auf dem nächsten Sitze niederlassend. «Ein Sommer diesmal, wie er gewöhnlich nicht im Buche steht, hier wenigstens bei uns zu Lande. Dazu die ersten Masern- und Scharlachfälle der Saison im Dorfe – riesig die Hitze bergauf – Pflichtgefühl, moralische und sonstige Verantwortlichkeit! Na, Pastore, in Ihrer Gegenwart darf man sich wohl nicht die Andeutung erlauben, daß man mit zunehmenden Jahren und abnehmendem Haarwuchs die Berechtigung erlange, allmählich dafür zu danken?! Jaja, man merkt's allgemach, daß man älter wird! Nun, wie steht's hier, junges Volk? Wie gewöhnlich? Desto besser. Blut- und Hauttemperatur normal? Kühl bis ans Herz hinan? Jawohl, Fräulein Phöbe, liebste Kollegin, nur nicht lange fragen; auch für einen kühlen Trunk würde ich Ihnen in der Tat sehr verbunden sein.»

Er bekam, was das Haus zu bieten hatte, und war zufrieden damit.

«Besten Dank, Kollegin. Nun etwas Feuer auf die Pfeife, und wir haben alles beisammen, was dazu gehört, so einem alten Dorf- und Waldpraktikanten im Schatten unter guten Freunden wieder zum Aufatmen zu helfen. Übrigens, Kollegin, Mitdorf- und Waldpraktikantin, haben Sie eigentlich eine Ahnung davon, wie sehr sich unsereiner doch dann und wann zu gratulieren hat, wenn er so einen lieben Puls gleich dem Ihrigen immer noch im regelrechten Takte vorfindet? Da kommt, Gott sei Dank, die alte Erfahrung von neuem heraus, daß wir vom Handwerk allesamt so ziemlich in der gleichen Weise gefeit sind. Lauter hörnene Siegfriede und Kunigunden, wir Quacksalber und Heilgenossen und -genossinnen mit und ohne Approbation eines hohen Obermedizinalkollegiums! Es sollen eben beiläufige Amateurs die Hände vom Geschäft lassen und ihre Nasen, der malerischen Situationen wegen, nicht in Typhushütten stecken und melodramatische Szenen an Exanthemleichen agieren. Das Ding hat seine Haken, Sporen, wie man das jetzo nennt, und einer davon genügt hie und da, solchen Liebhaber tragischer Touristenerlebnisse scharf bergab zu ziehen, auch aus der besten, liebenswürdigsten und respektabelsten Gesellschaft heraus!»

Mit großen, starren Augen sah Phöbe Hahnemeyer auf den Arzt.

«Jaja», fuhr der fort wie ein Mann, der wohl weiß, wie er eine bedenkliche Botschaft zu hinterbringen hat, «das wären ungefähr so die Augen, die er stellenweise in seinen Phantasien um sich zu sehen glaubt und von denen er uns seltsame Geschichten erzählt. Der Haken sitzt ziemlich tief im Fleisch und hat in gewohnter Weise den Intellekt mitgefaßt. Wir können und sollen eben nicht alle verlangen, daß Madame Ansteckung und Monsieur Thanatos auf Deutsch Freund Hein, jedesmal Spaß verstehen oder – den Ernst gelten lassen wie – bei unsereinem, Fräulein Phöbe.»

Nun blickte auch der Pfarrer betroffener auf.

«Von wem reden Sie da eigentlich, Doktor?» rief er. «Bitte, nehmen Sie uns, meine Schwester und mich, für das, was wir sind – Leute, die nicht leicht Rätsel raten.»

«Von wem ich eigentlich rede? Nun, zum Henker, von wem denn sonst als euerm intimen Freunde und neulichen Gastfreunde!» rief Doktor Hanff, nicht ohne einigen Grimm die Faust mit dem Maserpfeifenkopf schwer auf den Tisch fallen lassend. «Rätsel aufgeben? Jawohl, da kommt man mal wieder auf die Kosten seiner Humanität, wenn man die Gefühle seiner guten Bekannten wie rohe Eier anzufassen wünscht! Rätsel raten? Durchaus nicht nötig. Drunten liegt er, euer Freund – Kommilitone – was weiß ich – der Musjeh, wie nennt er sich doch gleich? Freiherr – Doktor – Professor – von Bielow. Wie oft er ungestraft unter Palmen promenierte, ist mir nicht bekannt; aber unter den Tannen der Vierlingswiese hat er jedenfalls nicht straflos gewandelt. Eine recht nette Brühe hat uns der leichtsinnige Mensch da unten an den Braten gegeben – sämtliche Hautevolee auf die Beine, in die Hotelwagen und auf die Eisenbahnzüge gebracht – Papiere der Aktiengesellschaft für diesmal um fünfzig Prozent gesunken und meine dito mit – ich danke dem Herrn Baron und Professor aller möglichen Staatswissenschaften ganz gehorsamst.»

Der Pfarrer hatte sich erhoben; Phöbe hatte nur ihre Arbeit auf dem Tische niedergelegt und ihre Hände flach darauf. So saß sie regungslos und blickte mit den Augen, die der Kranke in seinem Fiebertraume vor sich sehen sollte, immerzu auf den schreckensvollen Boten aus dem Säkulum, das Wort an ihn der ganzen Welt – jedem andern lassend.

«Veit Bielow?!» rief Prudens Hahnemeyer.

«Leider derselbige Herr, den ich meine! Zugleich ein Sänger und ein Held!» seufzte Doktor Hanff, wirklich bekümmert den Kopf schüttelnd. «Glauben Sie nicht, meine Verehrten, daß ich hier dem Manne Übles nachzureden wünsche. Im Gegenteil! Der Fall frißt selbst unsereinem noch durch die Haut. Der brave Kerl hat seine letzten lichten Augenblicke nicht etwa nur dazu nach der gewohnten Art benutzt, seinen Gefühlen Luft zu machen und seine sonstigen Verhältnisse zu ordnen, sondern er hat nach Kräften in betreff seiner eigenen möglichsten Unschädlichmachung verfügt und seinen Willen hierin sogar auch schriftlich, wenn auch bereits etwas unleserlich und konfus von sich gegeben. Zu der Familie Fuchs wünschte er geschafft zu werden; er redet viel von dem Räkel und der Feh. Auf der Vierlingswiese wollte er in Pflege gegeben sein, und es hat schwer gehalten, ihm begreiflich zu machen, daß das nicht angehe. Er beruft sich immer noch dabei auf Sie, Phöbe, und spricht von seiner Berechtigung hier oben bei euch! Wohin wollen Sie, Fräulein? Nur Ruhe – ruhig Blut. Den Umständen nach haben wir den armen Teufel nach seinen Wünschen bestens versorgt. Pekuniäre Mittel im Überfluß zur Verfügung – Zimmer im Hotel ausgeräuchert, abgekratzt, neu tapeziert – alles, was dazu gehört, nach dem neuesten Stande der Wissenschaft – Kaliseifenlauge, Karbollösung, Bromdampf. Wollen Desinfektionslehre doch nicht bloß in ihrer Anwendung auf die Praxis hier bei euch studiert haben, Pastore –»

«Und der Kranke selbst?»

«Nun, da traf es sich denn recht angenehm, daß das alte, auf Abbruch verkaufte Siechenhaus drunten noch nicht abgebrochen war und also für einen Patienten mit den nötigen Mitteln zur komfortablen Einrichtung für den Fall zu freiester Verfügung stand. Ich habe immer in den Gemeindesitzungen und im Kurkommissariat dafür gesprochen, daß man mit dergleichen Notbehelfen, selbst zum Besten des Ortssäckels, nicht zu leichtfertig umspringen solle – und da haben wir's nun in deutlichster Weise demonstriert gekriegt! Wie kommt ein solcher Glanz in meine Mauern? kann heute das alte, ruppige, niederträchtige Gebäu mit Recht fragen. Villa Bielow mag es sich von jetzt an bis zum Ende seiner Tage nennen. Die Übersiedelung des Kranken ist ohne Anstand vor sich gegangen. Was gute, wenn auch schreckhaft aufgeregte Bekannte an Teilnahme zu bieten hatten, ist geboten worden, für die ersten notwendigen Bequemlichkeiten brav gesorgt, für die am Ort mangelnden nach allen Richtungen hin geschrieben und telegraphiert. So weit wäre das so ziemlich in Ordnung, und den Umständen nach ist das ja auch wohl immerhin ein Trost. Na, es redet wenigstens niemand ihm und mir in die Sache hinein, und das ist jedenfalls und unbedingt ein Vorzug, den nicht jedes von Zärtlichkeit und Liebe umgebene Krankenbett sowohl dem Patienten wie dem behandelnden Arzte bietet.»

Zögernd fragte Phöbe: «Seine Freunde – seine Freunde sind doch um ihn geblieben? Sie haben ihn doch nicht allein gelassen in seiner Not?»

Da aber wies Doktor Hanffs Gesicht nacheinander so ziemlich sämtliche Affekte, zu deren Darstellung so eine wohlgegerbte alte Landdoktorenphysiognomie noch fähig war, bis sich ein ganz merkwürdiges Gegrinse über alles hinlegte und fest liegenblieb.

«Um ihn geblieben? Ihn nicht in seinem Pech allein gelassen? Kind, Kind, natürlich könnte ich diesen ganzen Sommertag lang von der Komödie im einzelnen und im ganzen erzählen! Schade nur, daß man selber zu hauptsächlich drin mitzuspielen hatte, um völlig objektiv und genußfähig bleiben zu können. Eh, Phöbe – gute, kleine, kluge Kollegin aus Halah, meinen Sie wirklich, daß das aus anderm Teig gewälzt ist als unsere Leute hier im Dorfe? Der Herr erleuchte Ihre unschuldige Seele, Herzenskind! Wie unsere Leute hier im Dorfe die Feh mit ihrem Räkel und ihren Jungen, so haben jene braven Freunde und Nachbarn den Herrn Professor Freiherrn Veit von Bielow in die Hand Gottes und auf die Vierlingswiese abgeschoben. Nur mit etwas anderm Pathos! Gedrückt haben sich sich, ausgerissen sind –»

«Alle?» fragte Phöbe mit bebender, kaum vernehmbarer Stimme. «Alle sind sie von ihm gegangen?»

«Nun, grade wie hier bei euch im Dorfe, wo auch wohl einige vorhanden waren, die bei dem Volkmar Fuchs und seiner Feh ausgehalten hätten, aber doch durch die und die Umstände daran verhindert wurden.»

«Alle!» murmelte Phöbe.

«Da war die liebe, heitere Exzellenz. Ich habe selten einen so außer sich geratenen Menschen gesehen wie den Herrn Geheimrat da unten! Und der gute Onkel Anton, den unser diesjähriger Stern, das gnädige Fräulein – Fräulein Valerie, aus mir unbekannten Gründen gewöhnlich als ‹meinen Onkel Toby› einzuführen pflegte. Ich habe nie einen Mann unter meiner Sommerklientel gehabt, der mir beim Abschiede am Eisenbahncoupé mit gleich bewegter Hand die Dose präsentiert und mit gleich affektionierter Stimme gesagt hätte: ‹Wir verlassen uns ganz auf Sie, Doktor; – ich bitte Sie um Himmels willen, tun Sie Ihr Bestes und geben Sie uns jedenfalls Nachricht!› – Ei, und die Damen! Was soll ich Ihnen von den Damen sagen, Phöbe? ‹Aufgelöst› ist das einzige Wort, was ich für sie habe; – freilich, Komtesse Alice fand die Art und Weise, wie der Herr von Bielow diese entsetzliche Katastrophe über das ganze reizende und so vom schönen Wetter begünstigte Zusammensein so mutwillig heraufbeschworen habe, auch nach meiner Meinung nicht ohne Grund wenig gerechtfertigt.»

«Es war eine neulich – vor vier oder fünf Tagen, wahrscheinlich aus jenem Kreise – hier bei uns», sagte Pastor Prudens. «Sie kam, ohne recht zu erklären weshalb; und einen angenehmen Eindruck hat sie nicht auf mich gemacht, aber sie schien selbstbewußt und willenskräftig im Sinne der Welt, und sie führte sich bei uns ein als meines Jugendfreundes gute Freundin oder Bekannte –»

«Fräulein Valerie selbstverständlich!» rief Doktor Hanff. «Ich war der erste, dem sie von ihrem Ausfluge hierher Mitteilung machte, und zwar unter dem Eindruck meiner Mitteilungen an sie. Ja, ich fühle noch ihren Griff hier am Oberarm, obgleich sie sonst unter allen Umständen recht gut Fassung zu behalten wußte. Ein Prachtmädel! Von Gottes Gnaden dazu geboren, ihren liebsten Verwandten am liebsten die grüne Welt blau und die rote gelb vorzuführen! Wie oft habe ich ihretwegen Papa Exzellenz seinen Kopf mit beiden Händen halten sehen! Wie häufig die übrigen Herrschaften vollkommen farbenblind, mit dem Lächeln halb der Ratlosigkeit, halb des Stumpfsinns um sie herum! Ja, sie hat auch mit fortgemußt, und diesmal ist an ihr die Reihe gewesen, in ratloser Betäubung am Arme des guten Onkels Toby oder Antonio, oder wie sie ihn sonst zu beliebnamen pflegte, beim Einsteigen in den Wagen zu lächeln. Und Sie, Phöbe, läßt sie ganz besonders grüßen – schade, daß ich Ihnen ihr Gesicht nicht dazu mit heraufbringen konnte. Was Sie so ganz speziell mit ihr gehabt haben während ihrer Visite hier oben, wird Ihre Sache bleiben, Fräulein Hahnemeyer. Aber sie hat jedenfalls sich genaue Auskunft holen wollen, wo Professor Bielow im Busch herumgekrochen ist, ehe er sich dem geselligen Flug drunten bei uns wieder anschloß. Also die Dame hat Ihnen recht herzlich mißfallen, Pastore?»

«Sie kam laut, lärmend, geschwätzig – ich kenne sie jedoch nicht weiter und habe sie meiner Schwester gelassen. Phöbe aber will auch wohl die Welt nur in der Farbe sehen, die ihr der Schöpfer von Anbeginn gegeben hat. Wir haben nachher wenig mehr von ihr geredet unter uns. Willst du dem Doktor sagen, was das Fräulein bei uns, oder sogar im besondern bei dir gesucht hat, Kind?»

«Sie kam, unsern Kirchhof sich von mir zeigen zu lassen – das Grab der armen Anna Fuchs», sagte Phöbe Hahnemeyer kaum vernehmbar; und sehr anzuerkennen war's, daß Landphysikus Doktor Hanff nicht einen langen, verständnisvollen Pfiff lautbar werden ließ, sondern ihn nur nach inwendig tat, ebenso wie er das Wort: «Meines Patienten Kapitalanlage in liegenden Gründen!» bei sich behielt.

«Unsern Kirchhof? Das Grab der verstorbenen Frau Fuchs?» fragte Prudens.

«Die Aussicht von dort ist überraschend, was Sie vielleicht noch nicht einmal bemerkt haben, Pastor», sagte Doktor Hanff. «Ich habe es schon häufig für eine angenehme Pflicht gegen Ihre Gemeinde gehalten, meine Leutchen da unten hierauf aufmerksam zu machen.»

«Ich weiß grade nicht, ob ich Ihnen dafür zu Dank verpflichtet bin», murrte Pastor Hahnemeyer. «Übrigens machte mir jene Dame nicht den Eindruck, als ob sie nur der schönen Aussicht wegen zu uns gekommen sei. Phöbe, du warst den Abend verstört und unruhig; es fällt mir jetzt nachträglich recht auf. Weshalb läßt sie dich im besondern grüßen? Was hat sie mit dir gehabt? Was hat sie von uns gewollt?»

Bleich, zitternd hatte sich die Schwester aus Halah von der Bank erhoben. Sie ging zu ihrem Bruder und faßte ihn in die Arme, als wolle sie Schutz bei ihm suchen.

«Ich weiß es nicht – ich weiß es – sie wollte das Grab der Feh sehen und den Platz, den dein Freund für mich und – für sich gekauft hat, um den armen Volkmar Fuchs zu zwingen, sich nicht länger im Zorn gegen uns zu wehren. O, laß uns aber hiervon erst später reden! Er liegt nun krank wie die Anna, und – sie sind alle, alle von ihm gegangen und haben ihn allein in seiner Not gelassen, allein in der Fremde! Auch die, welche kam, um mich zu suchen, um mir Vorwürfe zu machen, ist von ihm gegangen, und ich weiß nicht, wie Gott mir helfen wird!» ...

Wenn je einer mit sich unzufrieden und ratlos in einem wakkern Herzen auf einem Doktorgaul den Weg zu Tal geritten war, so war's an jenem Tage Landphysikus Doktor Hanff. Und wenn je einer ratlos in seiner Seele auf dem zersprungenen Gipsfußboden der Studierstube so vieler Pfarrer des Bergdorfes hin und her geschritten war, so war das der gegenwärtige Pastor und unruhige Gast des Hauses, Prudens Hahnemeyer. Aber Spörenwagen hat am Abend des Tages längere Zeit einen lieben Besuch in seiner Werkstatt bei sich gehabt; und nachdem er denselben in der Dämmerung bis ans Dorf zurückbegleitet hatte, hat er noch lange mit untergeschlagenen Armen an seiner Hobelbank gelehnt und zuletzt kopfschüttelnd gemeint:

«Sie hat sich von mir wegen ihrer Verpflichtungen auf der Erde und gegen die Welt Rats holen wollen! Sie!» ...

Achtzehntes Kapitel

Die Weisheit Salomonis hat's schon:

«Wo etwa ein Wind hauchte, oder die Vögel süße sungen unter den dicken Zweigen, oder das Wasser mit vollem Lauf rauschte, oder die Steine mit starkem Poltern fielen, oder die springenden Tiere, die sie nicht sehen konnten, liefen – oder der Widerhall aus den hohlen Bergen schallte: so erschreckte es sie und machte sie verzagt.»

Aber:

«Die ganze Welt hatte ein helles Licht und ging in unverhinderten Geschäften.»

So war's freilich drunten im Bade!

Der Bergschrecken, die Angst beim Wehen des Windes, beim Singen der Vögel und dem Rauschen der Bäche war doch nur auf einen Teil der Gesellschaft, wenngleich den «besten», gefallen und hatte ihn in die Flucht getrieben; aber es befanden sich gegen zweitausend Fremde aller Stände im Tal, und ein Teil kann zwar unter solchen Umständen mehr sein als das Ganze, aber doch eigentlich niemals das Ganze selbst. In diesem Falle bedeutete das Bruchstück, alles in allem genommen, doch nur wenig. Neue Ankömmlinge, die nichts von dem Professor Bielow, der schönen Valerie, dem guten Onkel Anton, von Papa Exzellenz, den Vettern und Basen und aller sonstigen Genossenschaft des uns angehenden Kreises wußten, hatten sich in die Kurliste eingetragen. Viel neue Koffer, Schachteln, Kisten und Kasten waren vor dem Aktienhotel abgeladen worden; und andere sorglose Gäste, harmlose, ahnungslose hatten die leer gewordenen Gemächer bezogen und sahen, von heimatlicher Schwüle und Sorge aufatmend, aus den hohen Fenstern auf die grünen Berge und in das fröhliche, bunte moderne Sommertreiben zu ihren Füßen.

Die Badeverwaltung hatte wahrlich das Ihrige getan, alle verdrießlichen Folgen des betrüblichen Zufalls und jedes böse Gerücht davon im Keime zu ersticken, und Doktor Hanff hatte ihr getreulich dabei geholfen – auch ein wenig im eigenen Interesse.

Es schien niemand fortgegangen – abgereist zu sein. Es fehlte keine Farbe, kein Ton, kein kluges und kein albernes Wort um die springenden Brunnen, in den Sälen, auf den zierlich gehaltenen Waldwegen, auf den Ruhebänken und lustigen Wiesenflächen: auch diese flüchtige «ganze Welt» hatte ihr helles Licht behalten und ging unverhindert ihren Geschäften und ihrem Vergnügen nach. Wer nicht mehr gesehen und gehört wurde, der war eben vergessen, «wie man eines vergisset, der nur einen Tag Gast gewesen ist».

Da glitt von jenen freudiggrünen Bergen, wo die Vögel so süß im dichten Gezweig sangen, wo die Quellen sprudelten und die Luft so lieblich war und von wo doch manchmal ein dumpfes Rollen wie von fallendem schweren Gestein oder fernem Donner herüberhallte, eine unscheinbare, schmächtige, scheue Gestalt durch den Lärm und das Gewühl der Sommerlust. Landphysikus Doktor Hanff, die Hände unter den Rockschößen, breitbeinig hingestellt in einem lachenden Kreise seiner Saisonpatienten, hörte plötzlich leise seinen Namen hinter seinem wackern Rükken ausgesprochen, und sich wendend sah er mit nicht geringem Erstaunen und mit hochgezogenen Brauen auf die Unterbrecherin einer seiner «besten Geschichten» und behielt die Pointe der Schnurre für diesmal gänzlich für sich.

«Sie, Fräulein Phöbe?»

«Mein Bruder wäre gern mit mir gekommen, Doktor; aber er hatte so viele Amtsgeschäfte und mußte auch wieder nach dem Filial zu einem andern Kranken. So hatte er nichts dagegen, daß ich allein ging.»

«Und, mit Erlaubnis, was haben Sie denn da in dem Bündel?»

«Einige Wäsche. Spörenwagen hat's mir bis vor den Ort getragen. Er ist aber schon umgekehrt nach Hause; denn er konnte sich auch nicht von seiner Arbeit zu lange abmüßigen.»

«Hm, allein ging? Hierher in die sündige Erdenlust? Zum Konzert der Bückeburger Jägerkapelle?»

«Zu – meines Bruders liebem Jugendfreunde.»

«Zu –» er brachte sein Wort erst zu Ende, nachdem er das junge Mädchen fast heftig aus dem Kreise herausgezogen hatte – «zu *meinem* Kranken hier im alten Siechenhause? Bei Gott nicht!»

«So wahr mir der Herr geholfen hat, – immer geholfen hat, dort oben im Dorfe und im Walde und vorher in mancher bösen Stunde unter meinen lieben Kindern in Halah.»

«Ich gebe die Erlaubnis nicht, Phöbe!»

«Sie haben, gestern noch, mich Ihre Helferin und Kollegin genannt und gesagt, daß Sie gern mich zur Hülfe bei Ihrer Kunst und Wissenschaft bei sich sähen in der Not. Sie haben mich zu sich gezählt durch Ihr Wort und haben mich froh gemacht mitten im Schrecken. Und in der Hütte auf der Vierlingswiese haben Sie mir auch nichts in den Weg gelegt, sondern mich Ihnen helfen lassen unter Gottes Schirm bis zum Ende. Und Sie wissen, daß dieser arme Fremde der Freund meines Bruders ist, und – Sie wissen – ja, Sie wissen, wie er mich an sich gebunden hat! O, er hatte wohl keine Ahnung davon, wie bald der Herr an der Kette ziehen könne; ich aber komme nicht zur Ruhe in meiner Angst, bis ich ihn gesehen habe. Es kann mich keiner aufhalten auf dem Wege; aber Sie können mir helfen; o helfen Sie mir, Doktor Hanff! Ich komme ja nicht aus meinem Willen hieher; aber ich muß zu ihm; denn es ist kein anderer Weg aus meiner Angst heraus!»

Sie waren auf dem Promenadenplatz nach und nach immer weiter abseits getreten von dem Schwarm, in dessen Mitte Doktor Hanff eben noch so munter die Unterhaltung geführt hatte. Nicht wenige der Kurgäste blickten mit einiger Verwunderung dem vor einem Augenblick noch so heitern jovialen Badearzt nach und fragten sich, welches Ärgernis ihm wohl dieses kleine melancholische Frauenzimmer in Grau, dem man das Pastorhaus auf tausend Schritte ansah, in den guten Humor getragen haben möchte. Aber das Hin- und Herwogen der Menge zog auch diese flüchtigen Beobachter bald ab und zu anderer Unterhaltung hin, und in einem von Menschen und Lauschern leeren Baumgang konnten der Doktor Hanff und Phöbe Hahnemeyer ihre Verhandlung ungestört fortsetzen und zu Ende bringen.

Der Doktor gab fürs erste seine Ansicht in betreff des Wunsches des jungen Mädchens noch nicht auf.

«Kind», rief er grimmig, «aber dieser Mensch, dieser unglückselige Baron, Professor der Ästhetik – der Staatswissenschaften – was weiß ich – gehört ja so wenig – wie, wie manche andere zu euch! Er kommt aus einer andern Welt, aus Licht und Schatten derartiger menschlicher Naseweisheit, daß ihr euch fast schaudernd davor zur Seite drückt. Er ist, wenn auch kein Spötter, so doch unbedingt ein Gottloser, ein Mann ohne allen Respekt vor Gott Vater, Sohn und Heiligem Geist.»

«Ähnliches sagte mein Bruder auch von dem armen Volkmar Fuchs, und er ist doch zu ihm gegangen bei Tage und bei Nacht und hat seine bösen Worte nicht geachtet und hat sich nur mit seinem Blick gewehrt, als der unglückliche Wilde in seiner Unwissenheit mit dem Stock nach ihm schlagen wollte.»

«Aber dieser höfliche, gelehrte, feine Herr, dieser Veit von Bielow ist noch viel ärger nach euren Begriffen als Räkel und Feh im roten Pelz im Walde und Räkel und Feh in ihrer Hütte auf der Vierlingswiese!»

«Er hat hieran wohl nicht gedacht, als er in seiner edelmütigen Klugheit auf seine Weise dem Volkmar aus seiner ratlosen Unbändigkeit heraushalf und sich in seiner Lebensfreude verwegen mit mir band, mitten in seiner Kraft und auf dem Wege. Er hat es aber getan; und wenn der Herr es nicht anders will, werden wir in seinem Frieden nebeneinander gebettet werden und auf seinen Ruf zu seinem Gericht warten. Ich habe aber keine Ruhe zu Hause, bis ich den Weg- und Zielgenossen selbst gesehen habe, und ich hätte es auch recht von ihm gefunden, wenn er in meiner letzten Not zu meinem Krankenbett gekommen wäre.»

«Nun denn, in drei Teuf – – in Gottes Namen! Euch aus eurer Kinderwelt komme man einmal mit seinen Einwürfen und Bedenken aus der Rezeptierkunst seiner Erdenpraxis in Hinsicht auf Verstand und Anstand, Vernunft, Sitte und Gewohnheit, und was sonst so für uns in der Herde und, kurz, in der Zeitlichkeit mit zu Knigges Umgang mit Menschen gehört. Geben Sie her Ihr Bündel, Fräulein Phöbe. Also mit dem heillosen Sozialdemokraten und weitgebummelten Nihilisten Spörenwagen haben Sie auch noch geratschlagt, ehe Sie sich auf diesen sonderbaren Weg machten? Na, eine nette Gesellschaft seid ihr; und Staat und Kirche werden sich noch oft hinter den Ohren kratzen müssen, ehe sie mit euch zurechtkommen. Da war ja der Racker, der Räkel, ein wahres Vergnügen gegen euch mit euerm merkwürdigen großen Hobel; denn der Schlingel wollte doch eben nichts weiter, als was wir andern auch wollen, bei jedem Verdruß nämlich den Knubben und Knorren in seiner Konfusion spielen, um seinem Gift Luft zu machen.»

Fräulein Phöbe gab ihr Bündel nicht her.

«Es ist leicht genug, und es würde sich auch nicht für Sie schikken», meinte sie.

Dagegen berichtete sie mit freudiger Treuherzigkeit, wie sich Meister Spörenwagen auch sonst ihrer, das heißt des Pastorenhauses und des Bruders Prudens drin hülfreich angenommen habe.

«Es war mir eine rechte Sorge, wie ich das einrichtete. Sonst hilft mir nur dann und wann jemand aus dem Dorfe in der Wirtschaft und meistens auch nur ein Kind oder junges Mädchen, dem ich das Nähen lehre. Es ist so traurig, daß sie alle solche Scheu vor meinem Bruder tragen und immer meinen, er hege nur Zorn und Mißachtung gegen sie und suche sie nur aus Stolz seiner Seele in ihren Angewohnheiten zu stören und zu kränken. Und er meint es doch so gut in seinem heiligen Amte und würde sein Leben darin lassen für sie. Ohne Spörenwagen hätte ich gar nicht gewußt, was er anfangen sollte in meiner Abwesenheit. Für sich selber sorgt er ja gar nicht, und wenn ihn niemand zum Essen holt und damit auf ihn wartet, denkt er selber gewiß nicht daran.»

«Ja, das ist so einer von den bescheidenen Kostgängern auf Erden, wenn er sonst nur seinen Willen kriegt», dachte Doktor Hanff. «Schade, daß wir die eben verflossene Exzellenz und den braven Onkel Anton, den Herrn wirklich Geheimen, nicht noch ein wenig länger hier aufgehalten haben. Meinen ganzen Einfluß hätte ich angewendet, diesen jungen, versauerten Wüstenheiligen von da oben herunterzuholen und ihm anstatt seiner Kanzel in der Wüste eine gedeihlichere Stelle unter fidelen, gebildeten Leuten, zum Exempel hier unter uns und vorzüglich in der Badesaison, zu verschaffen. Na, wer weiß, was unser interessanter Patient, wenn wir ihn mit Hülfe dieses wirklichen Kindes Gottes herausreißen, bei den Seinigen an maßgebender Stelle in dieser Hinsicht zu leisten vermag. Das Juchhe da oben in der Dorfidylle wegen eines günstigen Resultats möchte ich auch hören! ... Nun,

Kind, wen hat denn Ihr verborgener Philosoph und Schlaumeier Spörenwagen ausfindig gemacht, der es – der sich des guten Prudens während Ihrer Abwesenheit in der Weltlichkeit annehmen will?»

Nur das letzte Wort natürlich war für das Gehör der Schwester laut genug gesprochen worden, und Phöbe Hahnemeyer rief leise lächelnd:

«Er will selber kochen, wenn's nötig sein sollte; aber er glaubt, daß es nicht notwendig sein wird, denn er hat ja auch noch seine alte Base, die zwar nicht recht gut mehr sieht und hört, aber doch ihre Stube und Person noch ganz sauber hält.»

«Da lade ich mich womöglich morgen schon zu Tische!» rief Landphysikus Doktor Hanff lachend. «Morgen schon reite ich zu Mittag hinauf, um mich mit Löffel und womöglich auch Messer und Gabel zu überzeugen, daß der Herr immer noch für die Seinen sorgt.»

«O bitte, tun Sie das! Ich bin Ihnen so dankbar dafür in meiner Unruhe», sagte Phöbe.

Sie waren während dieser Unterhaltung ein gut Stück Weges durch den lang im Tal gegen die Ebene sich hinstreckenden Ort mit seinem lustigen Sommertreiben hingeschritten. Es war ungefähr gegen sechs Uhr am Nachmittag, vielleicht auch schon ein wenig mehr gegen sieben, gegen den Abend. Wir können das nicht genau angeben; denn nunmehr ist es, als stünde alles, was uns die Zeit mißt, auf der Erde still und als sei nur ein einziger ruhiger Pulsschlag durch das Weltall. Wohl gingen die ortseingeborenen Leute ihren Beschäftigungen nach; die Fremden saßen wie gewöhnlich bei so gutem Wetter an ihren behaglichen Teetischen in Lauben und Vorgärten. Ihre hübschen geputzten Kinder fingen Ball und Reifen. Herren und Damen zu Wagen und zu Fuße, zu Esel und zu Roß zogen talauf, talab unter den Alleen. Die Wagen der Hotels rollten mit neuen Gästen vom Bahnhofe daher, wo die Lokomotive ihre schrille Stimme weithin in die Berge ertönen ließ. Aber selbst dem alten abgehärteten Landarzt und behaglichen Badedoktor war es doch, als ob dieses alles nicht sei und nur die schmächtige, schweigsame Gestalt im grauen, nonnenhaften Kleide an seiner Seite wirkliches Dasein und wahrhaftige Bedeutung in diesem farbigen Schein und Getümmel habe.

Fast eine Stunde hatten Doktor Hanff und Phöbe Hahnemeyer zu gehen, ehe sie die letzten Häuser und Hütten der Ortschaft erreichten. Wie der weltbekannt gewordene Platz an allem, was Menschen für herrlich und wünschenswert halten, zugenommen haben mochte, bis in diese Gegend war von seiner Eleganz und seinem Luxus noch nichts gedrungen. Wo die Bewohner der letzten, vereinzelten Hütten für das ihnen noch immer unbegreifliche exotische Leben und Treiben nur ein stupides Hinstarren haben, steht noch das Haus, das vor zehn Jahren die Apotheke «Zum wilden Mann» war und in welchem ein Menschenalter durch Herr Philipp Kristeller auf das Wiedererscheinen jenes Freundes, dem er den Besitz verdankte, wartete und ihm seinen Ehrenplatz am Tische aufhob. Es sind wohl einige, die sich aus der Geschichte vom *«Wilden Mann»* erinnern, wie das Wiedersehen ausfiel und was sich dran knüpfte für den guten alten Philipp und – seine Schwester Dorothea! –

Das Haus steht noch, es ist jedoch nicht mehr eine Apotheke, und zwar die Apotheke für ein halb Dutzend gesunde Dörfer im Umkreis von vier bis fünf Meilen. Die jetzige Offizin führt in der Nähe des Promenadenplatzes und großen Springbrunnens eine gedeihlichere Existenz und hat auch das frühere Schild und Zeichen nicht festgehalten. Das Haus ist, seit Dom Agostin Agonista zu Gaste darin war, in wechselnden Händen gewesen und sieht recht verwahrlost und verkommen aus. Es liegt ja auch für jedwedes nahrhafte Geschäft viel zu weit ab vom Brennpunkt des neuen Lebens, das hier sonst über alles gekommen ist. Ein Gemüsegärtner scheint es heute im Besitz und wenig Mittel für seine Instandhaltung oder gar seine äußerliche Wohlanständigkeit zu haben. Doch das geht uns nichts an. Ein Seitenpfad führt von der Landstraße an seiner Gartenmauer her, noch immer ins offene Feld, und auf diesem Wege schreiten wir jetzt rascher mit Phöbe und dem Doktor Hanff zu dem alten, nun «auf den Abbruch stehenden» Spittel des früheren Dorfes und jetzigen großen, berühmten Kurorts.

Die lautesten Töne der Bückeburger Jägermusik vor dem großen Pavillon sind längst hinter uns verhallt. Der Roggen steht
rundum in Stiegen auf den Feldern, die Grillen zirpen in den
Stoppeln; grünglänzende Goldlaufkäfer haben es wie immer eilig
vor unsern Füßen, und die Gattung Aphodius ist schwerfällig und
gemächlich tätig in ihrem nützlichen Geschäft auf den Pfaden der
Erde wie im Anfang. Die Lerche singt in der blauen Abendluft
und kümmert sich gar nicht, daß die Sense wieder über einem
leeren Nest in der Ackerfurche hingefahren ist. –

«Sehen Sie nur, wie hübsch das Ding daliegt», brummte Doktor Eberhard Hanff. «Es gibt in dieser Hinsicht dem Fuchsbau
auf der Vierlingswiese wenig nach. Und auch in anderer Beziehung nicht, nämlich, wie schon gesagt, was die Möglichkeiten des
Gesundungsprozesses unseres braven Freundes anbetrifft. Es war
Verständnis in seinem Willen, als er kurzab in seiner letzten lichten Minute nach der Hütte der Feh verlangte. Auch deshalb habe
ich ihm mit Vergnügen diesen seinen Willen getan. Sehen Sie,
ich habe ihm auch noch ein paar Fensterscheiben eingeschlagen,
für angenehmste Undichtigkeit der Wände garantierte die Gemeinde schon seit Jahren. Im bestgelüfteten Krankensalon kann's
niemand besser haben; und was die zärtliche Familiensorge an-
geht, na gucken Sie, da sitzt Fräulein Dorette in ziemlicher Ruhe
mit ihrem Strickzeuge auf der Türbank. Kein übel Anzeichen für
einen alten Praktikus, der noch dazu seit langen Jahren die Ehre
hat, die liebe alte Dame zu seinen intimen Freundinnen zu zählen. Auch eine von den Kolleginnen, Fräulein Hahnemeyer, wie
sie sich unsereiner mit seinen sämtlichen Barbier- und Geburts-
helferdiplomen in schönster Ordnung und all seiner Anwart-
schaft auf ein künftiges, unausbleibliches Sanitätsratpatent gar
nicht besser wünschen kann. Guten Abend, Fräulein Kristeller.
Nun, wie steht's da hinter Ihnen? Ja, wundern Sie sich nur, ich
bringe Ihnen Gesellschaft, die beste Gesellschaft der Welt.»

Einigermaßen verwundert schob das alte Jüngferchen auf der
Bank vor dem Dorfspittel die Brille auf die Stirn und legte das
Strickzeug im Schoße zusammen beim Näherkommen der beiden
und beim Erkennen des jungen Mädchens mit seinem Bündel
Wäsche im weißen Tuch.

Beinahe zehn Jahre war sie älter geworden, seit *ihres* Bruders Freund aus dem Säkulum wieder vorsprach. Gerader war sie nicht gewachsen während der Zeit; aber ihre klugen, verständigen Augen hatte sie trotz der Brille, die sie jetzt trug, behalten. An denen hatte die Zeit nichts zum Schlechtern verändern können; sie blickten vielleicht nur noch etwas forschender, suchender aus dem schmächtigen Gesicht, aus den dunkeln Vertiefungen zu beiden Seiten der scharfen, klugen Nase, in die tückische, zu allem fähige Welt hinein. Auch der brasilianische Oberst Dom Agostin Agonista hätte das Fräulein auf der Stelle wiedererkennen müssen, wenn er auch diesmal mit dem Doktor Hanff gekommen wäre.

Wie sie sich erhob von ihrem Sitz und dem alten Hausfreund Hanff und seiner Begleiterin entgegentrat, war das derselbe Schritt wie der, mit welchem sie einst in der Apotheke «Zum wilden Mann» überall war. Und die Stimme, mit welcher sie den Gruß des Doktors erwiderte, war auch noch die nämliche.

Sie hatte sich ausgezeichnet gut gehalten – Fräulein Dorette Kristeller aus der bankerotten Apotheke «Zum wilden Mann»! ...

«Aber, Kind? Phöbe?!» rief sie erst; und dann, sich an den Landphysikus wendend, sagte sie: «Ganz ruhig und gelassen den Umständen nach. Ich höre ihn von hier aus ebensogut als wie bei ihm da drinnen; und es sitzt sich hier draußen doch ein bißchen besser mit der Natur um sich her und dem Blick ins Freie. Sie haben doch nichts dagegen einzuwenden, Doktor?»

«Nicht das geringste», brummte Doktor Hanff. «Da könnte ich meinesteils Sie doch viel eher fragen, Fräulein Dorette, ob Sie nichts gegen mich und mein Eingreifen in Ihre Praxis einzuwenden hätten? Vor allen Dingen aber, was sagen Sie hierzu?»

Er deutete bei den letzten Worten auf seine Begleiterin.

«Lieber Gott, Hanff, erst müssen Sie mir doch sagen, was das zu bedeuten hat. Sie wollen doch nicht gar das liebe Fräulein mir und meines seligen Bruders altem Friedrich hier zur Hülfe geben?»

«Ich sicherlich nicht!» rief der Doktor. «Es wäre mir im Gegenteil äußerst angenehm, wenn Sie das Kind noch bewegen könnten, Vernunft anzunehmen. Ich habe sogar meine letzte Hoffnung in dieser Hinsicht auf Sie gesetzt, Fräulein Kristeller. Reden Sie nur tüchtig auf sie drein! Da, setzen Sie sich wenigstens noch einen Moment hier auf die Bank zu Fräulein Dorette, Fräulein Phöbe, während ich mir unsern interessanten Patienten da drinnen noch mal ansehe. Lassen Sie sich genau berichten, Fräulein Kristeller, was die liebe Seele aus den Bergen zu uns herunterbringt, was sie hier will und was sie für recht hält! Sprechen Sie Vernunft, Vernunft – Vernunft zu ihr, Fräulein Dorothea Kristeller aus der Apotheke ‹Zum wilden Mann›. Rufen Sie sofort, wenn Sie die Kleine so weit haben, daß sie sich von mir wieder nach Hause zurückbegleiten läßt. Ist Freund Fritze da drin bei unserm Mann?»

«Nein; er ist mit dem Korbe ins Bad hinauf.»

«Auch gut», rief Doktor Hanff. «Legen Sie Ihr Bündel ab, Phöbe; setzen Sie sich nur noch einen Augenblick da zu Fräulein Kristeller auf die Bank, schütten Sie Ihr Herz aus und hören Sie Vernunft, Vernunft – Vernunft!»

Er trat in das Haus, und die hinterbliebene alte Schwester des alten Philipp Kristeller, Fräulein Dorette Kristeller aus der Apotheke «Zum wilden Mann», faßte die junge Schwester aus Schmerzhausen in die Arme und rief:

«Kind, Kind, was ist denn das? Was soll dies bedeuten? Du mußt mir freilich ganz genau erzählen, was dieses zu bedeuten hat!»

«O wie gut ist dies!» schluchzte Phöbe Hahnemeyer. «Er hat mir nicht gesagt, der Herr Doktor, daß ich Sie hier finden würde; er hat wohl nicht daran gedacht, welchen Trost er mir geben konnte. Aber Gott der Herr hat immer Mitleid mit uns in unserer Angst und waltet in Barmherzigkeit. O nun bin ich so ruhig, und ich will Ihnen gewiß alles ganz genau sagen, und Sie werden nicht schelten und den unruhigen Gast wieder nach Hause schicken!»

Neunzehntes Kapitel

Darin hatte Doktor Hanff jedenfalls recht, viel Unterschied, was die gute Lüftung anbetraf, gab es nicht zwischen der Bergköte auf der Vierlingswiese und dem «auf den Abbruch stehenden» Krankenhause der zum weitberufenen Badeort ausgewachsenen Dorfgemeinde im Tal. Hier am letztern Orte gab es wohl geschlossene, aus Fachwerk gezimmerte und von regelrechten Gewerksleuten ausgemauerte Wände; aber Wind, Sonne und Regen fanden doch so ziemlich überall Durchgang wie in der Waldhütte aus Stangen, Rasenstücken und Tannenrindenbehang.

«Wirklich vortrefflich!» nickte der Landphysikus, in dem ärmlichen Raume an dem Krankenlager des Reichen, des Vornehmen, des Gelehrten stehend, den die Welt gradeso verlassen, so von sich abgeschoben hatte wie den Räkel mit seiner armen Feh. Er beugte sich über den Kranken und fand auch hier alles den Umständen nach nicht übel. Kopfschüttelnd betrachtete er sodann die Wäsche und Toilette- und sonstigen Luxusgegenstände, die man dem Reisekoffer Veit von Bielows entnommen hatte und welche die wenigen schlechten Stühle und den gebrechlichen Tisch von rotbemaltem Tannenholz bedeckten.

«Da treiben sie Philosophie auf und vor Kathedern», brummte er, «suchen dem Dinge nach analytischer oder nach synthetischer Methode beizukommen und werden Doktoren und Professoren der Weltweisheit daraufhin. Mit dem Doktor Hanff sollten sie auf die Praxis gehen, das wäre ihnen dann und wann dienlicher zum Zweck, wenn es wirklich ihr Zweck wäre, die Weisheit der Welt von der Quelle zu holen. Aber Philosophie zu treiben, sind wir ja wohl nicht hier? Könnte ich dafür die Hand auf seinen Spitzbuben von Bedienten legen, der mit den übrigen das Hasenpanier ergriffen hat und polizeilich ebenfalls nicht zu zwingen ist, sich der Ansteckungsgefahr auszusetzen, so verzichtete ich mit Vergnügen auf jeden fernern Beweis, daß wir in der besten aller möglichen Welten uns eingefunden haben. Nun, was durch Geld auszurichten ist, dazu sind die Mittel ja gottlob reichlich vorhanden, und bis die verschriebene fachkundige Hülfe aus der Stadt eintrifft, werden ja wohl Fräulein Dorette und mein alter getreuer Knecht und Stößer Friedrich aus der weiland Apotheke ‹Zum wilden Mann› ausreichen.»

Er legte die fieberheiße Hand des Kranken wieder auf die Decke nieder und trat an das offene Fenster. Draußen lag die Erde noch immer in dem milden Abendfrieden, und auf der Bank dicht unter dem Fenster saßen Fräulein Dorette Kristeller und Phöbe Hahnemeyer noch immer nebeneinander und redeten leise zusammen. Fräulein Dorette hatte zärtlich den Arm um das junge Mädchen gelegt.

«Nun, Liebchen, sind Sie jetzt überzeugt, daß Sie hier gänzlich überflüssig sind?» fragte der Doktor.

Die Schwester aus Halah antwortete nicht; aber für sie nahm Fräulein Dorette, sich halb nach dem Fenster wendend, das Wort.

«Nicht ganz, lieber Hanff», sagte sie. «Der Wärter oder Heilgehülfe aus der Stadt nimmt mit meinem Fritzen die Stube jenseit der Hausflur. Das Kind zieht zu mir in den Giebel –»

«Fräulein Kristeller!»

«Seien Sie still. Was verstehen Sie, was wissen Sie davon? Ich kenne meine Gäste, und diesen hat mir Gott wohl in seiner Güte bis zuletzt aufgehoben und ihn mir jetzt so spät am Abend zugeschickt, weil er mir sein Mitleid mit meinem alten tollen Kopf, ärgerlichen Sinn und meiner vergrellten Seele nochmal zeigen will.»

«Na, da habe ich mir die Richtige zur Hülfe angerufen!» brummte der Doktor, und zwar durchaus nicht leise.

«Das haben Sie! Darauf können Sie sich verlassen, Hanff!» rief Fräulein Dorette, jetzt aufstehend und voll in das Zimmer hineinsprechend. «Wenn ich dieses auch um meinetwillen sage, so verzeihe mir der Himmel meine Selbstsucht und meine Sünde; aber das Kind kriegt seinen Willen einzig und allein um seinetwillen. Sie hat ganz recht, daß sie den Spaß, den der Mann da drinnen bei ihnen da droben auf ihres Bruders Kirchhofe sich vielleicht im Leichtsinn mit ihr gemacht hat, im bittern Ernste nimmt. Ich weiß, wie weit die Leichtherzigkeit und die leichte Hand im Erdenleben greifen können, ohne sich drum zu kümmern, was für schwere Herzen und niedergerissenes Glück sie hinter sich zurücklassen. Sei du nur ganz ruhig, Phöbe, es soll dich niemand hindern, mit deiner Unruhe und Angst hierher zu mir in meinen Giebel zu ziehen. Was du dem da in seinem jetzigen Zustand helfen kannst, weiß ich freilich nicht; aber wir beide wollen unsere Köpfe zusammenlegen, den alten und den jungen, und es miteinander bereden, jeder aus seiner Erfahrung, wie man am leichtesten durch die lustige Welt und zu einem friedlichen Ende kommt. Der Räkel ist vielleicht nicht der schlimmste Gast in der Komödie. Den kenne ich gut genug aus seinen Jugendjahren, wo er uns Kräuter und Beeren ins Geschäft trug und auch mit meinem seligen Bruder Philipp aufs Botanisieren ging. Aber das ist einerlei, wir werden Zeit haben, von allem zu reden, und auch von seiner Frau, der armen Anna. Da wär's mir auch schon recht, bei der zerquälten Seele meine letzte stille Stelle zu finden, gleichviel, wer an ihrer anderen Seite zur Ruhe kommt.»

«Lieber Herr Doktor», sagte jetzt Phöbe Hahnemeyer, «ich kann nicht mehr schlafen da oben im Pfarrhause, seit der Herr uns dieses zur Strafe für unsere Verwegenheit zugeschickt hat. Nun soll er mich hier finden, was auch nach seinem Willen daraus werde, ob Leben, ob Tod für einen von uns zweien oder für beide. Ich will ja nichts für mich; aber, Doktor Hanff, lieber Herr Doktor, seit dem Begräbnis der Feh bin ich zum ersten Male in dieser Stunde wieder geworden in meiner Seele, wie ich früher war, und ruhig wie bei meinen armen Kindern im Schutze des Allmächtigen zu Halah.»

«Und das will keinen Willen haben!» rief Doktor Hanff. «So tu, was du nicht lassen kannst, und komm herein mit deinem Bündel! Was soll unsereiner weiter dagegen machen, wenn einen das Weltall aus Augen wie die deinigen ansieht! Was redet Fräulein Dorette da aber von Komödie? Das ist freilich bitterster Ernst! Für einen aus einem alten Landdoktor in einen jungen, neumodischen Badearzt verwandelten Mitkomödianten auf der nur zu realen Bühne der Welt falle ich in meiner Rolle in diesem Moment jedenfalls kläglich ab. Da sieht man aber mal wieder, wozu die Reminiszenzen nützen und vorzüglich solche nichtsnutzigen wie die Ihrigen, Fräulein Kristeller. Kommt herein, beide! Euer Gast aus dem Säkulum fängt bei sinkender Sonne ganz sachgemäß an, etwas unruhiger zu werden.»

Fräulein Dorette legte ihren Arm in den des jungen Mädchens, und so traten sie in das Haus und an das Bett des Kranken. Der lachte eben in seinem Fieber und befand sich in seinen Träumen mitten in seinen gewohnten Lebenszuständen; und nicht wenige von denen, die dieselben heiter, bunt und behaglich gemacht hatten, waren um ihn her und sprachen in seiner Phantasie mit.

Er war auch im Fiebertraum auf der Reise – er war mit Fräulein Valerie auf dem Wege, und zwar auf dem Wege hinauf zum Krater des Vesuvs. Er lobte die mutige Begleiterin fröhlich und laut, daß sie die neue Zahnradbahn nicht hatte benutzen mögen, sondern den alten Weg und die alten Führer mit ihren Eseln und Tragsesseln der geschmacklosen, wenn auch bequemen Neuerung vorgezogen hatte. Er klomm an der Seite der schönen Freundin und half ihr empor durch die Schlacken, die Asche, die Lavablöcke des letzten steilen Kegels.

Dabei wurde er unruhiger, und seine Einbildungen wurden ängstlicher. Er richtete sich auf, wie in schwerer, vergeblicher Mühe keuchend. Er rief heftig, böse, angsthaft den Namen Valerie. Sie schien leicht weiterzuschreiten, während er immer vergeblicher und mit immer ohnmächtigern Gliedern mit dem Wege und der Asche kämpfte. Stöhnend sank er zurück auf sein Kissen und lag leise wimmernd bewegungslos, bis ein ander bunt Fiebergewölk ihn einhüllte. Jetzt sprach er wieder, als ob er nun doch mit der Genossin aus der Zeitlichkeit auf dem Gipfel des alten grimmigschönen Feuerberges stehe – allein mit ihr –, alle Pracht und Wunder der Erde: Festland, Meer und Inseln im Sonnenglanze unter ihnen ausgebreitet, wie ein ihnen beiden erbeigentümlich angehöriges Reich. Er sprach jauchzend von dem dumpfen Grollen und Rollen unter ihren Füßen in der Tiefe der Erde, er freute sich, daß die «Herrin» keine Furcht habe.

«Horch, Valerie!»

Der kluge Bauern- und Badearzt sah nochmals, verstohlen forschend und erwartungsvoll, in das Gesicht der Idiotenlehrerin, aber vergeblich, denn das blieb, wie es war, im Mitleiden ruhig und unbewegt. Phöbe wußte ja schon, wer Fräulein Valerie war; sie hatte es genau auf dem Kirchhofe ihres Dorfes an dem Grabhügel der Feh erfahren. Der Name des schönen, leidenschaftlichen Mädchens aus dem Munde des Kranken war ihr jetzt nur wie ein mattes Echo von dort her. So saß sie regungslos auf dem Schemel neben dem Lager Veit Bielows, die Hände im Schoß zusammengelegt, gewappnet gegen jeden Blick und Ton aus jener Welt, die ihr bis jetzt nach den Worten der Schrift ein Buch mit sieben Siegeln gewesen war.

«Ja, du bist gefeit und sitzest wahrlich im Schatten deines Glaubens am heißesten Erdentag!» murmelte Doktor Hanff. «Fräulein Dorette», sagte er dann laut, «wenn Sie also Ihre Kammer und das übrige hier mit diesem braven, kleinen Starrkopf teilen wollen, so weiß ich wirklich nicht, weder amtlich noch privatim, was ich euch beiden noch in den Weg legen könnte. Vernunft habe ich am Ende mal wieder genug vergebens gesprochen. Den letzten schäbigen Rest darf ich mir also dreist für bessere, passendere Gelegenheiten aufheben – nicht wahr, Fräulein Kristeller?»

Die alte Dame war wie außer sich. Sie streichelte der neuen jungen Hausgenossin die Wangen und die Hände, sie strich ihr über die Haare und nannte sie mit hundert zärtlichen Kosenamen und wiederholte immer von neuem, sie, Dorette Kristeller, sei zwar eine alte, gelbsüchtige, verhutzelte, in sich verbissene Egoistin, aber verlangen könne man auch nicht, daß sie diesmal dieses ändere und höflich sich wehre gegen den Segen oder grob danke für den Blumenstrauß, der ihr nach so viel Ekel und Verdruß im Leben zu guter Letzt in hohen Alterstagen noch auf den Tisch gestellt werde.

Grob mochte sie sein, gröblich verfuhr sie jedenfalls gegen den braven Doktor Eberhard Hanff.

«Haben Sie sich zur Genüge alles wieder wissenschaftlich beschnüffelt und befühlt, Hanff, so scheren Sie sich dreist wieder hin zu Ihrem Volk da draußen», sagte sie. «Wie weit her Ihre Kunst ist und was Sie damit ausrichten, wissen Sie ja ziemlich genau, also das braucht Sie durchaus nicht länger als notwendig aufzuhalten. Lassen Sie mich und mein Kind; wir renommieren nicht wie Ihr Herren dann und wann sogar mit unserer Unzulänglichkeit. Lassen Sie uns ruhig hier allein beisammen. Ganz gut treffen wir zwei hier bei diesem Elend in eins, das Kind aus dem Frieden des guten Gottes und ich aus der Verbitterung meines Alters und aus dem Überdruß an allem – an euch allen!»

«Und ich gehe wie ein alter Narr», sagte Doktor Hanff, «ich schere mich zum Teufel, wie Sie mir das eben aus verjährter Ranküne so freundlich durch die Blume zu verstehen geben. Na, wir kennen uns ja freilich schon seit lange, und also darum – auf ein angenehmes Wiedersehen, morgen früh, Fräulein Dorette. Aber du – du, Mädchen, kannst es eigentlich nicht verantworten, einen alten Physikus und Praktikus so auseinanderzureißen und das beste Stück von ihm hier bei dir zu behalten! Wie soll ich's mit der schlechten Hälfte nun ausrichten da oben im Karneval? Fühle du heute abend mal der Frau Kommerzienrätin mit der gehörigen Visage den Puls! Lasse du dir mal diese Nacht so vielleicht zwischen zwei und drei Uhr von ihrer Brut die liebe Zunge aus überladenem Magen mit dem wünschenswerten Mitgefühl zeigen!»

«Sie reiten wohl morgen auch durch unser Dorf, lieber Herr Doktor», lächelte Phöbe Hahnemeyer. «Da sehen Sie auch wohl meinen Bruder und sagen ihm noch einmal, wie dankbar ich ihm bin für seine Güte und die Erlaubnis, die er mir gegeben hat, und wie ich gern so bald als möglich zu ihm heimkehren werde.»

«Natürlich werde ich dem Burschen die Leviten lesen, und zwar reichlich!» brummte der Landphysikus. «Haben Sie vielleicht auch noch an unsern saubern Freund und Spießgesellen Spörenwagen was von dieser Art zu bestellen, Fräulein Hahnemeyer?»

«O wenn Sie so gütig sein wollen, einen schönen Gruß.»

«Nicht zu vergessen die Tante Spörenwagen, die so trefflich unsere Stelle in der Eremitage in der Wildnis da oben vertritt? Sie soll ja nicht vergessen, dem Herrn Pastor die Offenbarung Johannis kühl vor der Nase zuzuschlagen, wenn sie ihn dreimal vergeblich zu Tisch gerufen hat und die Suppe sich nicht länger warm halten läßt.»

Damit ging er, den Hut schon im Zimmer sich aufdrückend – zaudernd – stehenbleibend – trabend, ins Getümmel zurück, wenig in der Stimmung, auf seinem Wege Grüße zu erwidern oder sie gar selber zu bieten. Nur das brave Faktotum aus der weiland Apotheke «Zum wilden Mann», Fräulein Dorette Kristellers alten Fritz, der ihm auch mit seinem Korbe begegnete, hielt er an, faßte ihn sogar fest am Kragen, schüttelte den Erstaunten hart und rief:

«Mensch, wo treibst du dich so lange herum? Auf der Stelle machst du, daß du nach Hause kommst, und daß du mir da alle deine fünf Sinne zusammennimmst, das rate ich dir. Ihr habt Gastbesuch aus dem blauen Himmel dort zu Hause. Ja, geh nur und sieh dir dein blaues Wunder dran.»

«Hat er einen zu viel oder zu wenig?» brummte der graue getreue Knecht. «Gastbesuch? Na, nur nicht zu zärtlich, das ist alles, was unsereinem von dergleichen zu wünschen übriggelassen ist.»

Kopfschüttelnd, allerlei Unverständliches in sich hineinmurmelnd, nahm er seinen Korb, den er abgesetzt hatte, wieder auf und trabte seinerseits weiter, nicht wenig gespannt auf das blaue Wunder, das ihn daheim erwartete.

Im holden Abendglanz, in tiefer Ruhe lag sie, die «Kabache dort», die «auf den Abbruch gestellte» Siechenhütte. Der Gast, der an diesem Abend gekommen war, hatte keine Unruhe, keine Angst, keinen Zank und Lärm der Welt in sie hineingetragen. Er hatte sich nur selber gebracht, und holen wollte er auch nichts für sich, und der schönen Valerie wollte er auch all das Ihrige lassen.

Schon saßen das alte und das junge Fräulein, die eine mit ihrem Strickzeug, die andere mit einer Häkelarbeit, wieder auf der Bank unter dem offenen Fenster der Krankenstube. Kisten und Kasten waren nicht abzuladen gewesen; sie hatten beide wenig Eigentum auf der Erde, die Pflegerinnen Veit von Bielows. Auch Fräulein Dorette Kristeller konnte wohl zu jeder Reise um die Welt, zu jedem Ein- und Auszuge binnen fünf Minuten alles in ein Bündel zusammenpacken wie Phöbe Hahnemeyer.

So hatten sie sich leicht in den engen Raum der Giebelkammer und verständig und gut ohne viel unnötig Reden in ihre Aufgaben und Arbeiten im Erdgeschoß des Hauses geteilt. So saßen sie schon eine Viertelstunde nach dem Abmarsch des Doktors Hanff, als ob sie seit Jahren so gesessen hätten; und sie unterhielten sich ruhig miteinander.

«Ich habe wohl mehrere von der Sorte gehabt», sagte eben Fräulein Kristeller. «Ich meine nicht berüchtigte Professoren, Barone oder dergleichen, sondern in meiner Praxis solche, die nicht wild wurden durch das Fieber, sondern anständig, freundlich und zufrieden blieben und sich durch Wochen durchschliefen, die einen in das Leben, die andern in den Tod. Das müssen wir nun abwarten und können wenig dazu und davon ab tun. Guck, da kommt, bis sie uns das, was sie reguläre Hülfe nennen, geschickt haben, meines Bruders alter Friedrich aus unserer Apotheke ‹Zum wilden Mann›. Wird der Augen machen über seinen neuen Hausgenossen! Da macht er sie schon!»

«Herrgott, des Räkels und Spörenwagens Fräulein?» stammelte das Faktotum des seligen Philipp Kristeller, seinen Korb vor der Bank niedersetzend. «Das Fräulein von der Vierlingswiese? Da soll es freilich blau über einem werden, Fräulein Dorette!»

«Unter unsern Umständen, eins ins andere gerechnet, lieber Alter, ist dieses freilich der merkwürdigste Besuch, der uns noch zuteil werden konnte, seit Oberst Agonista zu Gast bei uns war», sagte Fräulein Dorette Kristeller.

Zwanzigstes Kapitel

Und nun ist der Sommer dahingegangen und der Herbst auch. Längst haben sich die eingeborenen Buttervögel und die fremden Gäste aus dem Tal verloren. Die Musikanten haben ihre Instrumente zusammengepackt, die Springbrunnen haben ihr lustig Rauschen und Hüpfen für diesmal eingestellt, die überflüssigen Kellner, Köche und Stubenmädchen sind entlassen, und die ortsangesessenen Leute sind wieder in die Räume eingezogen, die sie während der «Saison» an die Fremden vermietet hatten. In den vornehmen Privatvillen sind die Läden geschlossen, die Vorhänge herabgelassen, die Möbel mit Überzügen versehen und die Spiegel und Bilder verhängt. In den Spekulationsvillen ist in den Mietgemächern dasselbe geschehen, nur haben sich die am Orte verbliebenen Spekulanten und Eigentümer auch hier zu eigener Behaglichkeit mit ihrem eigenen Haushalt ausgebreitet, und es gehen in manchem Salon Dinge vor, die während der fashionablen Erntezeit rein unmöglich drin waren. Die großen Hotels stehen stumm und langweilig und beinahe etwas unheimlich unter dem gewöhnlich recht grauen Himmel. Jedermann im Bad hat längst seinen Gewinn aus dem Jahrgang zusammengezählt und ist mehr oder weniger zufrieden damit.

«Man hat sich selbst endlich wieder!» sagen die Leute, welche aus irgendeinem Grunde nicht mit zu spekulieren brauchten oder es nicht konnten. Was jedem zu diesem seinem Selbst im Guten oder Bösen aus dem mehr oder weniger unmittelbaren Verkehre mit den fremdländischen, flüchtigen Nachbarn im Sommerleben zugewachsen war, das mochte er im stillen ebenfalls zusammen-rechnen – wir werden ihn gewiß nicht daran hindern. Jedenfalls sieht der Pfarrer im Bad nicht mehr so viele fremde Gesichter und wundervolle, abenteuerliche, moderne Damenhüte unter seiner Kanzel wie im Sommer. Er redet als guter Hirte nur noch seinen eigenen Lämmern ins Gewissen. Wenn er dieselben vermahnen würde, das nächste Jahr die Schere nicht so hart anzulegen, son-dern an das alte Sprichwort «Was du nicht willst, daß man dir tu» und so weiter zu gedenken, so erwürbe er sich unbedingt ein Verdienst dadurch. Und wenn er noch so zart durch die Blume redete, könnte man ihn doch nur für seine Bemühungen loben.

Auch Landphysikus Doktor Hanff ist in seinen alten, gewohn-ten Praxiskreis zurückgesunken. Seinen Gewinn aus der «Nar-retei» hat er zwar auch genau überzählt und ist recht zufrieden; aber behaglicher ist's ihm doch unter den ihm «von Haus aus» be-kannten Klienten und Patienten und vor allem in der regulären, gewohnten Winterstammkneipe, wo Wirt und Wirtin, Tochter vom Hause und Dina, die Kellnerin, endlich auch einmal wie-der einen Augenblick Zeit für 'nen wirklichen Menschen und ein ruhiges Wort haben. Solider Frühschoppen und gemütliches Anwurzeln abends hinter geschlossenen Fensterläden in warm-behaglicher Sofaecke, nicht zu nah und nicht zu fern dem Ofen, sind endlich wieder zu ihrem Rechte gekommen. Item die lange Kneip-Winterpfeife, von der im «vermaledeiten Sommergelärm» auch nicht die Rede sein konnte. Item eine erkleckliche Reihe ortsangeborener Anekdoten, die in dem «nichtsnutzigen Getöse» dem Versinken ins «Nimmerwieder-Gewürdigtwerden» nur zu nahe waren.

Das auch in diesem letztern Fache im Guten wie im Bösen neu Zugewachsene ist darum ja nicht minder begehrt. Jeder hat den Sommer über Ohren und Augen offengehalten. Jeder hat was zugelernt und Doktor Hanff nicht das wenigste. Die Abende sind lang, und recht schade ist's, daß der verflossene bunte Schwarm der Fremden nicht mit zu hören bekommt, was an diesen langen Herbst- und Winterabenden die biedern Eingeborenen nachträglich über ihn im einzelnen wie im allgemeinen zu sagen haben. Manche, vielleicht sogar viele von den lieben Gästen würden wahrscheinlich in der nächsten Saison nicht wiederkehren, wenn sie ihr Lob vernehmen könnten. Soviel hiervon.

In den Bergen oben ist um diese Jahreszeit die Witterung natürlich noch um einige Grade rauher als drunten im mehr vor dem Winde geschützten Tal. Das Dorf des Pfarrers Prudens Hahnemeyer ist seiner jedem Wehen preisgegebenen Lage wegen sogar arg verrufen. Die Stürme treiben dort schon im Sommer manchmal schlimm genug ihr Spiel; aber um die Tag- und Nachtgleiche wird's dann und wann fast zu schlimm.

Nur die Tannen halten nach ihrer Art ihr grünes Kleid dort oben noch fest. Den Laubbäumen ist es längst entrissen und wirbelt in Fetzen auf allen Wegen oder hat sich in den Wäldern zu Boden gelagert, und der Fuß versinkt beim Durchschreiten tief in die weiche, raschelnde Decke, wenn er nicht gar schon in Schnee versinkt.

Das Pfarrhaus teilt nicht bloß die klimatischen, meteorologischen, atmosphärischen Verhältnisse der Planetenstelle mit den Hütten und Häusern der Gemeinde, der Berg- und Ackersleute, sondern es nimmt sogar sein gut Teil voraus; denn vor allem liegt es «auf dem Winde». Der Pastor hat wohl mehr denn je Grund, auf die Aussicht aus seinen Fenstern zu verzichten. Die schlechtgefaßten Scheiben klirren selbst hinter den geschlossenen Läden; und das Klappern der Ziegel auf dem Dache ist, vorzüglich bei Nacht, eine Musik für sich selber, nur nicht für einen nervösen, fröstelnden Menschen wie den jungen Pastor Prudens Hahnemeyer.

Die kleine Laube an der Kirchenhecke ist kahl gezaust mit dem übrigen Garten. Es kann jetzt niemand in ihr sitzen und im stillen, friedseligen Hinträumen oder – beim hastigen Aufsehen vom Buche auf die Unruhe im Turme horchen. Dem Räkel und seiner Brut, die sich weder um Wind und Wetter noch um die Unruhe im Kirchturm im geringsten kümmern, geht es ausgezeichnet, und mit diesem Wort sind wir auf dem Wege zum Dorfkrug, wo wir den Räkel, den Forstwart Volkmar Fuchs, von seinem Behagen in der Welt erzählen und von manchem andern, was seit Sommersende geschehen ist, in seinem Kreise reden hören können. Sie haben oben im Gebirge ebensogut das Wort hinter ihren Gästen her wie drunten im Tal; – wir aber, wir in der Zeitlichkeit, wir ändern es leider nicht, daß wir zu viel angewiesen sind auf das, was die Menschen sagen. –

Ja, dem Räkel geht es gottlob jetzt sehr gut. Seine Verhältnisse haben sich seit Herbstesanfang recht verbessert – merkwürdig verbessert. Er hat Geld, und nach der Anschauung des Dorfes sogar mächtig viel Geld, und schreibt das selbstverständlich ganz seinem eigensten Verdienste zu. Er hat seinen Aufenthalt wieder im Dorfe genommen, und Vorsteher und Gemeinderat haben ihn gern willkommen geheißen. Er stopft nicht mehr Nußblätter in die Pfeife, sondern schmaucht Portoriko. Wenn er seinen Krug trinkt, zahlt er ihn, und wenn er dabei auf den Tisch schlägt und seine Meinung kundgibt, hindert ihn keiner mehr dran. Er zahlt auch seiner Kinder Schulgeld und behauptet, Bildung, und daß man was auf sich halte und lerne, mit Leuten, und zwar hohen, vornehmen Leuten, umzugehen, sei doch die Hauptsache – sackerment! – Wenn er's auf die Länge aushält, ist er geborgen; denn hohe Protektion hat er im reichlichen Maße genossen. Nicht bloß andere Leute, sondern auch er selbst hätten wohl Grund gehabt, sich darüber zu verwundern, wie die «Regierung» dazu kam, ihm die Forstwartstelle, die er bis jetzt ja ganz passabel versieht, anzubieten und auf sein unverfroren Zugreifen vom ersten Oktober an anzuvertrauen. –

Der Abend war gekommen über Gebirge und Tal. Auch diesmal unhold – kalt und windig, ein Abend, an dem man überall gern am Herd, am Familientisch oder in der Schenke zusammenrücken durfte.

Drunten im Tal, im gemütlichen Honoratiorenzimmer von Bremers Hofe sagte Doktor Eberhard Hanff, die lange Pfeife von neuem in Brand setzend:

«Meine Herren, da kommen Sie eben wieder auf das, was Sie meine Beginengeschichte nennen, die ganz hauptsächliche Historie von meinem armen kleinen Mädchen aus Halah und meinem merkwürdigen Baron, meinem Hauptpatienten der Saison. Und da möchte ich mir jetzt eine letzte – eine allerletzte Bemerkung gestatten. Nämlich Sie wissen, ich bin kein Kostverächter; ich halte ganz gern mit bei guten und schlechten Witzen und Schnurren, kein urältester Meidinger tut mir was an, ich wirke gern selber fröhlich mit dem alten Klassiker, wenn's nicht anders sein kann, nach besten Kräften zur Auffrischung der Unterhaltung. Aber – was das eben wieder aufs Tapet gebrachte Thema betrifft, bitte, so lassen Sie mich dabei aus der Konversation. Begutachten Sie das Ding, wie Sie wollen, reden Sie, was Sie wollen; aber lassen Sie mich einfach bloß zuhören. Kinder, unser Herrgott ist uns so gnädig gewesen in Zuführung von kostbarstem Unterhaltungsstoff fürs Winterhalbjahr; wie wär's nun, wenn wir in Hinsicht auf diesen einzigen Punkt seine Güte mal nicht mißbrauchten? Es ist ja richtig, anlockend ist die Geschichte auch für uns hier bei Bremer; aber was meinen Sie zu dem Vorschlag, dieselbige diesmal gänzlich unsern Weibern zu überlassen und uns selber meinetwegen lieber an alles andere zu halten? Doch, wie gesagt, tun Sie, was Sie wollen laut Paragraph neunhundertneunundneunzig unserer ungedruckten Statuten: ‹Zwang is nich!› Sagen und singen Sie, ventilieren Sie, wenn Sie's nicht lassen können; doch den Doktor Hanff lassen Sie gütigst diesmal als Berufungsinstanz aus dem Spiel. Diesen Kreisel treibe ich nicht mit. Warum? Darum! Dixi!»

Wir brauchen wohl nicht mitzuteilen, was der winterliche Stammgastkreis bei Bier und Tabak in Bremers Hofe hierzu meinte. Nur das wollen wir noch sagen, daß alle, die weibliche Angehörige hatten, mit denen die Sache noch einmal durchsprachen, und zwar gründlicher als je vorher. Ob freilich die Sommergeschichte von Phöbe Hahnemeyer und ihrem «Baron» und der schönen Valerie des Professors von Bielow dadurch mehr ins klare gebracht wurde, müssen wir dahingestellt sein lassen. Derartiges soll ja immer gut aufgehoben sein in den Herzen und Händen der Frauen, und das ist wenigstens eine Beruhigung. –

Ein ander Gewölk, ein anderer Erdendunst umfängt uns ein wenig weiter oben, im Kruge des Bergdorfes, an dem Tische, an welchem um dieselbe Abendstunde der Räkel das Wort nahm, nachdem der Vorsteher es vor ihm gehabt hatte.

«Sackerment, so schweigen Sie doch endlich mal still mit Ihrer ewigen Anspielung auf meine bessern Zustände, meine – Herren! Wie oft soll ich's denn noch der Kameradschaft breittreten, daß sie wahrhaftig nicht schuld dran ist, wenn unsereiner auch noch mal an den Tisch rücken kann in der honorigen Gesellschaft und Trumpf aufspielen? Na, daran rührt lieber gar nicht, Freundschaft, wenn es bei einem fernerweitigen guten Auskommen mit'nander bleiben soll! ... Hier, auf ihr Wohlsein! Ich meine das liebe Fräulein aus dem Pastorhause. Wäre die nicht bei meiner Wut und Tollheit, nach meiner Alten jammerhaftem Eingehen im Busch, so vernünftig und nachgiebig gegen den Herrn Professor, den Herrn Baron gewesen, so läge ich für euch, Gevattern, wohl heute noch lange gut im Walde mit meinen Bälgern. Ihr hättet uns sicher nicht aus der Wildnis ins Dorf hereingeholt und freiwillig 'nem ordentlichen Kerl nach seinem Verdienst seine Ehre gegeben. Das Dach, das Futter, das Leben, das ihr dem Volkmar Fuchs und seinen Angehörigen gönntet, das war was Rares; aber ihr selber mochtet es freilich nicht geschenkt! Na, aber wie gesagt, darum keine Feindschaft mehr, denn wer die Menschheit in dieser Hinsicht kennt, der kennt sie. Wer in die Welt hinaus gewesen ist, weiß, wie es in ihr zugeht, und läßt nachher der angenehmen Unterhaltung wegen schon fünfe grade sein, wenn er wieder obenauf gekommen ist. Noblesse bleibt Noblesse, sagte mein Herr Graf, und Lümmel bleibt Lümmel, und unsereiner bleibt unsereiner, sage ich. Prost! Jawohl – Prost auf die Weibsleute, Gevatterschaft! Denn wer anders als die Weiber haben dem Räkel wieder zu seiner Ästimation unter der Menschheit verholfen? Legt die eine sich hin und wird von euch aus dem Dorfe geschmissen und stirbt ihm ab in der Wildnis, so kommt die andere heraus und will sich zu ihr betten in ihrem

Gottesherzen, bloß um so 'nen räudigen Lumpen wie den Fuchs nicht länger lästern zu hören und in seinem Gift und verrückten, tollen Sinn zu lassen. Und die Dritte, na, die Dritte, ja, die Dritte, die Vornehmste, die reitet gar auf Visite zu dem Räkel unter den Windbruchhölzern und tunkt ihre Semmel zu Mittage in seine Igelsuppe auf du und du, bloß weil sie drunten im Bad von seinen Meriten und seinem Elend vernommen hatte. Gott segne es ihr vor allen, was sie und der Herr Baron, der Herr Professor, durch ihre Konnexion am Volkmar Fuchs – dem Räkel, vollbracht haben, nachdem sie in genauere Erfahrung gebracht hatten, wie sauber ihm mitgespielt worden war.»

«Das war eben der Glücksfall für dich, Forstwart!» meinte die Dorfkruggenossenschaft im Kreise. «Deiner Suppe wegen allein ist sie wohl nicht zu dir im Windbruch gekommen, aber bedanken kannst du dich dafür, da hast du recht.»

«Die Frau Professorin soll leben, die Frau Baronin von Bielow soll leben, und wer da nicht mithält, der ist ein ungebildeter Mensch und sozialer Lump und Halunke. Warum? Darum! Das sage ich!» rief der Räkel, auf den Tisch schlagend, daß alle Bier- und Branntweingläser aufhüpften.

Sie hielten auch alle mit, bis auf einen, den Meister Spörenwagen, der diesmal ausnahmsweise auch mit unter der Gesellschaft saß, da er in der Dämmerung der Krugwirtin eine neue Wiege ins Haus geschafft hatte. Der griff in seinem Winkel hinter sich an die Wand und langte seine Mütze vom Nagel und sagte: «Guten Abend, meine Herren!» und ging. Er wußte, trotzdem daß er nicht auf Schulen und Universitäten gewesen war wie der Landphysikus und Badearzt Doktor Eberhard Hanff, doch vielleicht noch mehr von Welt und Leben und wußte genauer als der, daß es selten etwas hilft, darin zum Rechten zu raten und zu reden. Man kann sämtliche Knochen, Adern und Muskeln im menschlichen Körper, und zwar bis ins einzelnste, ganz genau kennen und doch der Kreatur im ganzen gegenüber recht häufig mit wenig Nutzen seinen Atem und seine Überzeugungsgabe vergeuden. Wie sie drunten im Tal, in Bremers Hofe nach des Doktors Abgang über Gott und Welt, das Universum und noch einiges jenseit desselben die Unterhaltung weiterführten, so diskurrierten sie auch oben in dem Gebirge, in der Dorfkneipe weiter, nachdem Spörenwagen seinen Abschied genommen hatte, ohne der Gesellschaft vorher eine Rede gehalten zu haben.

«Was hatte denn der wieder?» fragte man im Kreise, und der Forstwart Fuchs brummte verdrossen:

«Laßt ihn ja laufen; die Kumpanei, in der *der* sein Pläsiervergnügen finden wird, die soll noch lange gesucht werden. Wir zwei sind ja jetzt wenigstens in Güte auseinander, und das ist ein Trost – sackerment. Aber das will ein Demokrate sein und ein Philosophe, so einer, dem alles zu einem Knorren vor seinem Hobel wird! Lieber noch mit unserm Pastor in einem Bett, als mit dem an einem Tisch oder gar noch hinter einem Glase und einem Mädchen. Mit dem Pastor weiß man doch wenigstens, wie man mit ihm dran ist; aber wenn mir von diesem Heimtücker Spörenwagen einer sagt: ‹Fuchs, den kenne ich genau, er ist mein bester Freund!›, so sage ich: ‹Kamerad, rücke 'nen Stuhl weiter und laß 'nen andern zwischen uns sitzen; wir beide passen nicht nahe zusammen.› Was wollten Sie sagen, Schulmeister? Sie haben das Wort.»

«Ich wollte mir nur eine Bemerkung gestatten, nämlich in Anbetracht der Philosophie, meine Herren. Das hat wohl seine Berechtigung; denn Bildung ist freilich die Hauptsache in der Welt und im menschlichen Dasein. Bildung hat die Schlacht bei Königgrätz und bei Sedan gewonnen; aber sie muß auch an den Rechten geraten, der sie mit Maß weiter mitteilt. Zum Exempel, wenn so einer – Namen brauche ich ja nicht zu nennen – so in seinen jungen Jahren über seinen angeborenen Kreis hinausgekommen ist mit seinem Handwerk, wenn er so zum Beispiel sich von meiner Schulbank weg die Sohlen meinswegen unter ein paar fremden Nationen abgelaufen hat – was bringt er dann nach Hause? Überhebung und nichts weiter. Wenn da nun der Staat einschreiten könnte und immer die Richtigen auswählen wollte und sie mit Stipendien versehen –»

«So zum Exempel zuerst vor allen die Schullehrer! Ja, das möchtet Ihr wohl, Schulmeister», meinte das Dorf.

«Ich nicht, meine Herren. Ich gehöre ja noch zum alten Stil und weiß, daß man in meinen Jahren über seinen angestammten Wirkungskreis hinaus zu wenig nütze ist, und habe auch schon übergenug an meinem Kopfschütteln den Sommer durch an der Fremde drunten im Bad; aber unsere Stimme sollten wir dabei haben. Zum Beispiel, euch beide kenne ich doch ganz genau, Volkmar – Sie und Spörenwagen. Und da soll mir doch keiner kommen und raten wollen, wem ich meine Stimme zur höhern Ausbildung und zum Nutzen hätte zuteilen sollen. Nach bestem Wissen und Gewissen hätte ich auch schon ohne guten Rat gewußt, wem ich hätte wünschen müssen, daß er sich die Hörner zur richtigen Stunde abgelaufen hätte. Was meinen Sie zu meiner Ansicht, Vorsteher?»

«Daß das so eine Sache ist und daß man nach meinem Erachten am besten tut, wenn man denkt, es ist vorn so wie hinten – Menschen sind wir alle. Meines Amtes ist es, auf Ordnung im Dorfe zu halten, und da muß ich wohl sagen, da weiß ich noch heute nicht recht, mit wem ich am liebsten zu kramen habe, mit dem Räkel, ich meine da den Volkmar, wie er war, oder Spörenwagen, wie er ist. Ihr andern alle könnt euch nur bedanken, daß wir von Obrigkeits wegen noch immer fürs erste da sind und darauf sehen, daß keiner von den zweien gleich seinen Willen kriegt: der eine mit seiner Wütenhaftigkeit und seinem Knüppel, der andere mit seinem Verkehr ins Stille und seinem politschen großen Hobel, mit dem er aus seinen Büchern her die Welt glattmachen möchte. Habe ich recht oder habe ich unrecht, Gevatterschaft?»

Wer sich zu den «besten» Männern im Dorfe zählen durfte, stimmte zu; die andern hielten das Maul und taten bei der gegenwärtigen Stimmung in der Gesellschaft wohl daran. Doch sagte einer von den letztern vom untern Ende des Tisches her:

«Kurios ist's aber, wie sich das grade so zusammengefunden hat als Vögel aus einem Neste, Spörenwagen und unseres Pastoren Schwester. Auf das Fräulein wird doch keiner Schlimmes hinreden, und es sind keine zwei bessern Freunde im Dorfe als Fräulein Phöbe und Spörenwagen, obgleich der Schulmeister sagt: ‹Der ist ein Gottesleugner und glaubt weder an eine Auferstehung noch eine Vergeltung›, und der Vorsteher: ‹Der will ganz in der Stille alles übern Haufen schmeißen, und der Rä – da, der Volkmar Fuchs in seiner schlimmsten Wut auf der Vierlingswiese ist nur ein saugend Kind gegen ihn.›»

«Hierüber ließe sich freilich manches reden», sprach der Schulmeister, bedächtig den Kopf schüttelnd. «Das ist die Sache, worüber sich die größten Gelehrten in der Welt noch nicht klar sind. Und hinwiederum läßt sich auch eigentlich gar nicht darüber reden. Hierüber kann jedwedeiner sich auch nur ganz in der Stille seine Gedanken machen, gradeso wie über die andere Kuriosität auf unserm Gottesacker –»

«Wo unser Fräulein bei Gesundheit und jungen Kräften und Jahren sich ihre Stelle bei der Feh käuflich erworben und von euch hat schriftlich geben lassen, Kantor.»

«Sie nicht, wohl aber der Herr Professor von Bielow; und dieses wäre denn zum andern eine Art von Kameradschaft, von der vieles zu reden wäre, über die man aber auch seine Meinung am besten bei sich behält.»

«Jaja, man soll auch auf der Pläsierreise seinen Spaß nicht zu weit treiben, obgleich wir damals dem Herrn Baron von Gemeinde wegen dankbar genug für seinen guten Einfall sein konnten, Fuchs», meinte der Vorsteher.

«Ein Spaß für mich war's grade nicht!» brummte der Forstwart.

«Das will ich auch nicht gesagt haben, Rä – Volkmar; aber über den Fall muß man eben die Leute drunten im Bad reden hören. Na, Totengräber, und auch die Frau Professorin, die Frau Baronin, die Ihr ja auf unserm Kirchhof hinterm Busch vernahmet, als sie unserm Fräulein Phöbe ihre Meinung sagte. Nun ja, sie bauen ja wohl auch im nächsten Frühjahr eine passende Unterkunft dafür, wenn wieder mal für einen von der feinern Sorte Menschheit aus dem Spaß ein bitterer Ernst werden sollte. Jaja, Forstwart Fuchs, das hättet Ihr Euch in Eurem verrückten Sinn, als Ihr noch der Räkel waret, nicht träumen lassen, was Ihr an Unheil anrichtet, weil Ihr nicht einfach Vernunft annehmen wolltet! Nun höre aber mal einer den Wind! Ist das nicht, als ob der Hackelberg große Hofjagd hielte? Das ist auch Schnee am Fensterladen, nicht wahr, Krüger? Eh ja, wenn jeder meint, er brauche nur fein oder grob seinen Mund aufzusperren, um seinen Willen zu kriegen, weshalb sollte es der Winter nicht auch tun? Ein Glück ist's nur, daß wir schon von unseren Vorfahren hier her wissen, was es damit auf sich hat. Die haben es uns von Urzeiten an hinterlassen, Freundschaft: Jeder für den Mist vor seine Kellerlöcher, und unser Herrgott fürs Ganze!»

Einundzwanzigstes Kapitel

Wir haben in dieser stürmischen Winternacht von zwei Briefen zu berichten, die im Laufe des Tages in dem Pfarrhaus des Pastors Prudens Hahnemeyer abgegeben waren, der eine in Begleitung einer Kiste und mit ausländischen Poststempeln und sonstigen Signaturen, der andere ganz aus der Nähe und überschrieben und gesiegelt in einer Weise, der man es ansah, daß Absender oder vielmehr Absenderin in dergleichen Dingen nicht die geschickteste Hand hatte.

Den ersten hat der Pastor Prudens auf seinem Schreibtisch liegen, er kam erst gestern abend an. Der andere, der nur an Fräulein Phöbe Hahnemeyer allein adressiert war, ist schon am Morgen angelangt, und Fräulein Dorette Kristeller hat ihn geschrieben, und er lautet:

«Mein Herzenskind, vielleicht weist Du es besser als wie ich selbst und Du kanst es mir sagen warum ich grade heute an Dich schreiben muß! Denn es ist als ob ich nichts dazu könte, und eine Gewald mir die Feder in die Hand gäbe und mir die Feder führrte. Nämlich mein Herzenskind es ist mir an den unfreundlichen Tag bei den Regen und Sturm grade aus Deiner Gegend als passirte Dir was, wobei ich bei sein müßte zu meinem und Deinem Trost. Ist es eine Ahnung oder irre ich mich, so soll es mir lieb sein nähmlich das letzte. Aber das Herz ist mir recht schwer bei die dunkelen Tage, wo man schon um vier Uhr Licht anstechen muss, und es war so schön im Sommer, im Monath Juli mit uns Zweien. Du weißt schon wo. Bei uns in der unruhigen, bösen, argen Welt, wo jeder denkt was ich koche gilt und ist doch blos Topf und Kessel auf ınem Feuer! Wo ich auch Deinen Herr Bruder nicht ausnehmen kann, denn wie sollte ich sonst dazu kommen und Dich nicht ihm alleine lassen?

Was haben wir erlebt in dem Sommer! ich mit meinen 75 Du mit Deinen zwanzig Jahren. Ich als Beilage zu meinem schon übergewichttigen Überdruß Du in Deinen Kindergottesfrieden hinein. Liber Himmel, und ich dachte, daß ich die Menschen und was sie einander gegenseitig erleben lassen können, schon in und auswendig kennte und nichts, garnichts zu zu lernen brauchte.

Da bist Du gekommen, mein Herzensschmerzenskind. Ja da bist Du gekommen wie aus dem Abendhimmel mit Deinem Bündell und hast die alte Gifttante von weiland der Apteke zum wilden Mann in die Schule genommen, und hast mich gelert, daß ich mich doch nur hätte schämen sollen die Jahre lang nachdem Oberst Agonnistah da war und meinen Bruder Philipp seligen und mir in Herzlichkeit und Vergnügen das Fell abzog und sich gar nichts Schlimmes dabei dachte. Es war ein Irthum von mir, daß dies ein Ausnahmsfall von Menschen und Menschenwerk und Thun gegen einander sei. Es ist die Regel und die Ausnahme kommt alle hundert Jahr nur einmal und weiß gar nichts von sich und für mich heißt sie diesmal und in alle Ewigkeiten Fräulein Föbechen, meine liebe Föbe, meine Goldföbe wie aus der Kindergeschichte und auch auß dem Brief an die Römer, wo schon von ihr geschrieben steht im Sechzehnten im 2. Verß, sie hat Vielen beistand gethan, auch mir selbst.

Kind, als mir mein Wohlstand genommen ist, habe ich doch Gott sei gedanckt meine guten Augen behalten und mein Aufpassen was Leute thun und denken ist wohl noch genauer geworden, und auch das ist mir in meiner Vergrelltheit und Einsamkeit zu einem neuen bittern Gift geworden, bis ich auf Dich und Dein Thun und Denken habe passen dürfen in den Jullitagen im hiesigen Armenhaus, Du weist wohl bei welcher Krankenflege. Daß must Du mir verzeihen, das ich Dir das jetzt beichte, denn es ist wohl mein letzter bester Trost in meinen letzten Tagen!

Liebe Föbe, wärest Du nicht Du und säßest Du nicht fest in Deiner Burg, so hätten der liebe, freundliche und höffliche Mann, den wir im Juli vom Tode zu Leben verhalffen, und das unhöfliche feine Frauenzimmer, die Valeri, die Dir Deinen Erdenlohn in Dein Dorf trug, Dir noch Schlimmeres zu wege bringen mögen, als meines Bruders Freund mir. Denn meines seligen Bruder Filipps Freund tatschte doch nur in unser täglich Auskommen; aber Deines Bruders Prudens Freund hätte Dir noch viel Schlimmeres angethan, ohne daß er eine Ahnung und also ein Gewissen hatte.

Gottlob, daß es so abgelauffen ist was von ihn bloß ein Einfall gewesen ist!! ein Einfall auf dem Wege, um sich selber zu helfen, zufällig auf einem Kirchhof, zufällig auf Eurem Kirchhof und gegen den Schlingel, den Räkel, den ich von meinen Bruder her ganz gut kenne und weiß das es gar nicht nöthig war. O wie gut ist, daß Dir dieses nicht biß in's Hertz gedrungen ist, sondern daß Du nur geglaubt hast, Du müßtest in Gottesnahmen Deine Flicht ausfüllen, biß zum letzten! Ueber das Mädchen, sein jetzigt Weib, den andern Besuch bei Euch, hast Du mir ja mit Deinen traurigsten Augen den Mund verbotten. Ach, Föbe, und sie betrug sich in ihrer Angst auch nur so ungerecht, alß wir andern ordinären Frauensleute in unsern Lebenßnöthen alle!

Gottlob, nun sitzst Du wieder oben bei Dir alleine, wie ich hier unten bei mir. Allein hat mans immer am besten auf Erden, denn der Besuch wie Du ist zu seltten. Nun ist der Winterschnee auch dißmal eine Mauer, die Gott um Dich aufbaut und Du bisst dahinter in Sicherheit mit Deinen lieben Herzen und denkst an den unruhigen Sommer und Deinen Gast nur als einen Traum. Du bist wieder frei von dem Mann aus der fremden Weld in Deiner Seele und auch mit Deinem sterbbligen Leibe. Es weiß Keiner wo er begraben wird und bei wem, sieh nach in der Biebel.

O wie hast Du Deine Pflicht gegen diesen freundlichen Menschen gethan! Und welch' ein Seegen bist Du auch mir altem Geschöpff durch dieses auf meine alten Tage geworden!

Denn nun sitze ich hier noch in der alten Armuth und Verlassenheid; aber die Wände rundum dünken mir nicht mehr kahl und mein Bett hart und der Ofen rauchich. Und die Winterwitterung draußen macht mir viel weniger als vorig Jahr. Das ist doch, als ob die alte Mamsell Kristeller die letzten zähn zwölf Jahr an meinem bekümmerten Leben alß wie an einem Eksempel gerechnet hätte und konnte es nicht aufkriegen, biß Du gekommen bist mit Deinem Bündel und hast mir geholfen – mir die ich doch in meinem Zorn auf die Welt und Menschheid ein ganz anderer Räkel war als Euer armer Tropf da oben im Wald.

Da brauchtest Du nur eine Viertelstuhnde bei mir zu sitzen auf der Banck unterm Fenster im Abendlichte, daß ich mich an die Stirne klopffen konnte und sagen:

Es war doch so einfach, Dorette!

Nun mögte ich Dir gern von unsern damaligen 8 Tagen wieder reden. Wie Dein Sterbens- und also auch Lebenskamerad, der nette, kluge, gelerte vornehme Mann alle Profezeiung des Narren, des Doktors Hanf täuschte und sich für dißmal mit dem Tod durch einen Typus von leichter Sorte abfand. Wie er aus seinem Schlaf auferwachend Dich zu seinem Staunen und will hofen auch Schrekken an seinem Bett im Siechenhaus vorfand, und wie Du ihn mir da ließest und Dein Bündel schnürtest und gingest wie Du gekommen warest, wo ich denn Gelegenheit kriegte und nahm, diesem Mann mit seiner Hafergrütze verschiedenartige nüzliche Wahrheiten einzugäben.

Denn sieh mal, er mag ja wohl ein schöner Mann sein und alle Kunst und Wissenschaft und alle Avanksen in der Welt für sich haben, er ist doch nur ein armer schwacher Mensch wie wir Andern Alle, und geht nur mit der Stunde und was darin mit ihm stimmt wie meines seligen Bruders Freund der Oberst aus Brassilien, der Don Agonistha. Er weinte Thränen als Du ihm zum letzten Mal die Hand gabest und als ich ihm seine Briefe aus seiner Welt zu lesen gab, da ist er ein Kind gewesen, das sich an seine Stirne gestoßen hat und einen Apffel zum Trost kriechte. Die Thränen mogten wohl aus der Schwäche von seiner schlimmen Krankheid herrühren, aber das Lachen das stammte aus seinen gesunden Tagen und aus der Welt zu der er gehört und nicht herraus kan. Wie gut, daß wir Beiden nichts mehr mit beiden zu schaffen haben. Ihm geht es wieder so weit nach seinen Wünschen in seinem Leben und uns Zwei auch.

Ja, mir auch! was ich nicht mehr geglaubt hätte und nur Dir zu verdankken habe. Die Welt ist eine harte Nus zu knakken, und wenn man sie auf hat, ist sie hohl; dieses war mir bekannt als ein altes wahres Wort. Aber nun weiß ich durch Deinen Umgang in den paar Tagen im Juli, daß das Wort doch nur halb oder auch gar nicht wahr ist. Mein liebes Herzenskind durch Dich weis ich nun die Weld hat einen Kern, sie hat einen süßen Kern, nur aber die Zunge oder was sonst zu der gehört, hat nichts damit zu thun, darauf schmekkt man ihn nicht. Und nun weiß ich auch wie oft mein seliger Bruder Philipp mir das gesagt hat. Nicht mit Worten, sondern mit seinem lieben, armen, sanften, guten Leben und zuletzt noch mit seinem freundlichen Abscheiden in seiner Todesstunde mit seinem zufriedenen Einverständniß mit seinem harten Los.

Dem that wie Dir, Niemand ein Leid an; und nun verzeih, wenn ich mir geirrt haben sollte und dieser Brief heute doch ungelegen kommen sollte. Ich konnte mir gegen den Drang nicht helffen, ich mußte Dir grade zu dieser Stunde schreiben, obgleich das immer eine schwehre Arbeid für mich gewesen ist und jetzt in meinen hohen Tagen noch viel mehr.

Es ist mir doch als ob ich erst seit wo Du im Siechenhaus mir Gesellschafd geleistest hast gelernt habe drauf in richtiger Weise acht zu geben, was eigentlich um einen ist, und nicht bloss mehr auff mich selber paßte. So alt mußte man werden um zu lernen, was der Wind sagt und der Schnee und der Regen an den Fenster, was mein Seliger Bruder immer gewust hat und dabei an anderer Menschen Wohl und Wehe dachte.

Schiebs also auf den rauhen Winter auch vor Deinem Fenster da oben bei Dir in den Gebirge wenn Dich Deiner ewigen Freundin und alten Griesgramm und Murrkopf Schreibkunst wundert. Ich dachte nur einfach an Dich und konte nichts anderst.

Schreib mir auch wie es Dir geht und was Du sonst treibst und grüße Spörenwagen, und Deinen Herr Bruder, wenn's er nicht übell nimmt auch, Du kommst nimmermehr und niemals mehr aus dem Gedächtniß von Deiner Freundin

Dorette Kristeller.»

Am Morgen war dieser Brief mit der sonstigen amtlichen und außeramtlichen Korrespondenz des Pfarrhauses angelangt, und Pastor Prudens Hahnemeyer hatte ihn seiner Schwester zugeschoben mit der Bemerkung:

«Der Handschrift nach wieder von deiner andern Sommerbekanntschaft, dem alten Fräulein Kristeller. Willst du meine Meinung hören, Phöbe, so sage ich dir, daß ich eine Fortsetzung dieses Verkehrs nicht grade gern sehe. Ich höre und weiß, daß sie keinen guten Einfluß an den Krankenbetten, zu denen sie als Pflegerin gerufen wird, ausübt. Sie ist durch früheres Unglück verbittert und trachtet nicht auf unserm Wege nach dem, was allein nottut, nach dem letzten Heil und Trost. Ich bin ihr einige Male begegnet bei den Geistig-Armen, und sie hat nie den besten Eindruck auf mich gemacht.»

«Willst du diesen Brief lesen, Prudens?» hatte nach einer Weile Phöbe mit zitternder Stimme gefragt, doch die Antwort war nur gewesen:

«Wozu? Bei Gelegenheit. Augenblicklich bin ich anders beschäftigt, Kind.»

Und während der junge Pfarrer, der Äußerlichkeiten seines Amtes überdrüssiger denn je, sich in ein Konsistorialrundschreiben vertiefte, hatte das Kind leise sich mit seinem Teil von den schriftlichen Eräußerungen der Zeitlichkeit in sein Stübchen zurückgezogen, um ohne Hülfe aus der Nähe und mit wenig Beistand aus der Ferne auch weiterhin mit sich selber allein fertig zu werden und seinen Gottesfrieden mit dem Säkulum aufrecht zu halten.

Es mochten recht schlimme Kämpfe an diesem Tage in der Welt ausgefochten werden, sie waren nicht härter und hatten vielleicht viel weniger zu bedeuten, als der Kampf dieses jungen Mädchens, der zuletzt bloß auf das Wort hinauslief:

«Wie gut sie es doch mit mir meint! O, und wie wild und böse das Leben gewesen ist, das sie so klug gemacht hat und sie gelehrt hat, auf andere so genau zu achten und in ihren Herzen zu lesen! Gott helfe ihr und mir ferner; allen uns unruhigen Gästen unter seinem Himmel und an seinem Tische helfe er zu seinem ewigen Genügen!»

Zweiundzwanzigstes Kapitel

Phöbe ist nicht zu Hause gewesen, als der andere Brief nebst der kleinen Kiste aus Italien ankam. Beides war auch nur an den Pastor, Herrn Prudens Hahnemeyer, adressiert, und es stand bei diesem, ob er der Schwester von dem Inhalt Mitteilung machen wollte oder nicht.

Im Dorf hat niemand dem Fräulein aus dem Pfarrhause anmerken können, daß und – was Fräulein Dorette Kristeller geschrieben hatte. Es war wie immer um diese Jahreszeit wieder viel Not und Hülflosigkeit unter den armen Leuten, und man kann nicht von jedem verlangen, daß er Geduld in schweren Tagen habe. Es ist recht häufig viel besser, die Bedrängten sich ausreden und ausschreien zu lassen, als ihnen zur Geduld zu reden und zu raten.

Zu keiner Zeit in diesem zu Ende gehenden Jahr war Phöbe Hahnemeyer so zum erstern befähigt gewesen als an diesem stürmischen Tage, sie, die heute zu den Bedrücktesten nicht nur in der ganzen Gemeinde, sondern auch unter allen übrigen unruhigen Gästen der Erde zu zählen gewesen wäre, wenn sie das volle Gefühl der Einsamkeit, der Verlassenheit, des Alleinseins in der Welt, wie es ihr zukam, hätte haben können.

Sie aber wußte nur, daß sie alle es so gut mit ihr meinten und daß sie sehr dankbar und nach schwachen Kräften hülfreich dafür zu sein habe, wenn auch niemand recht Bescheid um sie wisse – auch die alte, treue – neue Freundin, Fräulein Dorette Kristeller, nicht. –

So ist die Gnade, oder wie ihr gelehrt wurde, zu sagen, die Gnade des Herrn, auch über ihr gewesen in dieser bösen Zeit ihres jungen Daseins unter uns anderen; und sie ist still auch von ihren heutigen Barmherzigkeitswegen in der Gemeinde ihres Bruders zu ihm nach Hause gekommen.

Das war grade um die Stunde, als Spörenwagen genug von der Gesellschaft und Unterhaltung des Dorfkrugs hatte und durch den Wind, Regen und Schnee seinen auch einsamen und beschwerlichen Weg nach seiner Wohnung der Jahreszeit abkämpfte. In der Dorfgasse sind sie auch einander begegnet oder vielmehr aneinander vorbeigekommen, Phöbe und der Meister Tischler. Sie haben aber einander bei der Dunkelheit und dem Sturm nicht erkannt und also auch nicht ein Wort miteinander wechseln können, obgleich grade jetzt jedes von den beiden des andern gedachte und in seinen Gedanken von ihm oder mit ihm redete.

«Spörenwagen geht morgen ins Tal hinab», dachte Fräulein Phöbe. «Ich will ihn bitten, daß er auch zu Fräulein Dorette geht und ihr sagt, daß ich ihr von Herzen dankbar für ihren Brief bin, daß ich ihr aber lieber nicht gleich darauf Antwort schicken möchte und es auch nicht kann und lieber wieder einmal in der Stille bei ihr sitzen möchte. O wie recht hat sie, daß sie mich auf den hohen Winterschnee hinweist! Und es ist auch vorher noch für so vieles zu sorgen, daß es uns nicht wieder so geht wie damals im ersten Jahr, wo uns fast alle Vorräte ausgingen, ehe wir zu den Nachbarn und ihrer Hülfe wieder einen Pfad hatten. Wie schön ruhig wollen wir sitzen hinter unsern weißen Mauern, und ich will auch recht fleißig sein mit Prudens an der englischen und der arabischen Grammatik, wenn es vielleicht, wie er meint, des Herrn Wille ist, daß er auch mich in die Fremde beruft und mir nicht hier mein letztes Ziel setzt und meine ewige Ruhe gibt in seiner Gnade.»

Spörenwagen, auf der andern Seite der Dorfstraße und in entgegengesetzter Richtung sich vor dem Wind dicht an Mauer und Zaun haltend, brummte:

«Jedes Wort, das man in das Geschwätz geben könnte, ist zuviel. Man schüttelt sich eben und trinkt aus und geht seiner Wege, und hinter einem drein sagen sie: der Querkopf! ... Ja, über das Hinterdreinreden bei vornehm wie gering – 's ist immer wie ein schöner Buttervogel, ein schöner Schmetterling, den die Buben zerpflücken! Was wissen Bruder und Schwester, Mutter und Kind, Mann und Frau voneinander? Und von mir reden sie und meinen sie, daß ich alles in der Welt mit einem großen Hobel glatt und gleich machen wolle?! In einer Welt, wo von Anfang an so ein Unterschied gesetzt ist wie zwischen meinem Fräulein – Fräulein Phöbe und dem Räkel und dem Herrn Bielow und ihrem Bruder, dem Herrn Pastor Hahnemeyer, und uns allen anderen! ... Und es ist doch die Welt, von der geschrieben steht: ‹Es ist nicht gut, daß der Mensch in ihr allein lebe und bleibe.› Wer kriegt da mit allem Nachsinnen und Studieren einen Verstand herein? Einen Sinn, bei dem er sich beruhigen kann, wenn er für sich allein ist und sitzt, weil er sich in dem Wirrwarr nicht zurechtfinden kann wie ich!? Ja, das gibt man sich nicht, das wird einem gegeben. Und wer die Gabe hat, der weiß nichts davon, als wie ein Mensch nichts vom Hunger verspürt, wenn er satt ist. Und als ein solcher Mensch geht unser Fräulein, unsere Phöbe, über die Erde, und wer darüber nachdenkt, der findet kein Ende und steht von ferne und sieht sie und wundert sich wie über das allergrößeste Wunder. Und bei seiner Arbeit faßt er höchstens mit der Faust ins Brusttuch, wenn er daran gedenkt, so gab's noch eine andere, die so hätte sein können und von der sie eben vor den Ohren des Räkels mit ihrem Ekelnamen als wie seiner Feh diskurrierten! Da geht es sich freilich gut gegen den Wind und Sturm an in dem Gedanken: was kümmert's dich noch, Spörenwagen? Sie ist ja jetzt auch im Frieden und es tut ihr niemand mehr was, weder in Freundschaft noch in Bosheit, weder ihr ins Gesicht und die innerste Seele noch hinter ihr drein. Ja, so fährt man im Leben aneinander vorüber und reicht sich die Hand hin im Unwetter! Sie ist frei vom Wirrwarr, und kein Lärm tut ihr noch was zuleide. Geh du deines Weges nach Hause, Kamerad, Spörenwagen, der Regen, Schnee und Wind ins Gesicht ist nicht das Schlimmste auf ihm. He, es ist aber fast, als um nicht das Stehen zu behalten!» ...

In seiner Studierstube wurde der Pastor Prudens Hahnemeyer dieses heftigen Wehens wegen von Minute zu Minute nervöser. Er schritt hin und her nach seiner Gewohnheit. Er trat an das Fenster, an dem er im Sommer mit seinem Jugendfreunde Veit von Bielow gestanden und ihm von diesen herbstlichen und winterlichen Stürmen gesprochen hatte. Er ging zu seinem Tisch zurück und setzte sich, um von neuem aufzuspringen und vom Fenster aus in die Nacht und auf die jagenden Sturmwolken zu blicken. Er ärgerte sich ob dieser körperlichen Unruhe, die er vergebens niederzukämpfen suchte, gegen die er sich völlig machtlos fühlte. Fast wäre er imstande gewesen, auf die Schwester zu zürnen, daß sie ihn so lange allein im Hause lasse, er, der bei stillerem Wetter am liebsten allein blieb in seinem Grübeln und wirrem, mystischem Träumen und auch die kleinste Störung durch die Zeitlichkeit, selbst auch durch den leisen Schritt und die süße Stimme der armen Phöbe, nicht immer mit der größten Geduld aufnahm.

Am heutigen Abend taten aber auch der Brief und die Sendung, die aus der Zeitlichkeit, aus dem Säkulum, zu ihm gelangt waren, das Ihrige, ihn nach der Heimkehr der Schwester von ihren Liebeswegen in seiner Gemeinde verlangend zu machen. Der Brief lag auf seinen Schriften, und das geöffnete Kistchen stand daneben auf der aufgeschlagenen Konkordanz, und der asketische Pfarrer wußte, daß sie ihm diesmal, wenigstens für die nächsten Stunden und vielleicht auch die kommende Nacht, eine größere Störung in sein Leben getragen hatten, als die wildeste Windsbraut seines nordischen Gebirges je vermocht hätte.

Der Brief kam aus Palermo auf der Insel Sizilien und lautete:

«Mein guter Freund, da bin ich noch einmal! Noch einmal wirft mein Schiff Anker an Patmos, und der Mensch aus dem Säkulum, der Mann vom römischen Forum, der Lustwandler aus den Platanengängen der athenischen Akademie, steigt zu Lande, hüstelnd, kniematt, auf seinen Krückstock gestützt. Deutlich male ich mir das Gesicht, das Du auch diesmal zu dem Besuch machen wirst; aber beruhige Dich: ich gebe nur ein Paket zur Weiterbeförderung ab und gehe sofort wieder. Dein verdrossenstes Abwehren würde Dir aber auch heute so wenig helfen wie damals in unsern jüngern, gesundern Tagen, wenn ich als flotter Korpsbursch aus dem germanischen akademischen Leben zu Dir in Deine Klausur stieg, um Dich eine halbe Nacht durch mit Fragen, Bedenken und Zitaten zu quälen. Und damit Du siehst, daß ich der Alte geblieben bin trotz allem, was Schicksal und Leben im Bösen wie im Guten an mir verübten, komme ich Dir auch jetzt mit einem Zitat, und zwar aus dem frivolsten Deiner in Gott ruhenden Amtsbrüder. Der sehr ehrwürdige Herr Lorenz Sterne, Magister der Künste, Stiftsherr zu York, Dorfpastor zu usw., hat das Wort im siebenten Buche von Tristram Shandys Leben und Meinungen. Ziehe Deine Kapuze so tief Du willst über den Kopf hinunter, aber laß mich abschreiben. Alles, was Deiner Schwester und Dir Euer heutiger Besuch zuzutragen hat, wächst auf aus jenem leichtfertigen, inhaltvollsten Predigtbuch über Menschenschwächen und Menschenkräfte. Beiläufig, das

Exemplar, aus dem ich abschreibe, entstammt närrischerweise der Reisebibliothek meiner Frau, welcher letztem ihr Herr Onkel aus dem Kultusministerium es am Abend unserer Abreise von Berlin in gewohnter Zerstreutheit ins Coupé warf. Sie behauptet, das einzig Angenehme, Liebenswürdige und Verständliche daraus, den Onkel Toby, schon längst zu kennen und zu zitieren, überläßt mir aber alles übrige darin – auch zur Mitteilung an Bekannte und – Freunde.

Sei dem so:

‹Ließ sich wohl jemals ein vernünftiger Mensch in einen so verworrenen Handel ein?› sagte der Tod.

‹Mit genauer Not bist du diesmal noch durchgekommen, Tristram›, sagte Eugenius.

‹Aber das ist kein Leben mehr, Eugenius, seit dieser Sündensohn dergestalt meine Adresse aufgespürt hat.›

‹Da nanntest du ihn jedenfalls bei dem rechten Namen›, sagte Eugenius; ‹denn die Sünde brachte ihn in die Welt, wie geschrieben steht.›

‹Wie er hereinkam, kümmert mich nicht›, sagte ich, ‹wenn er nur nicht solche Eile hätte, mich herauszuholen! Denn ich habe noch vierzig Bände zu schreiben und vierzigtausend Dinge zu sagen und zu tun, die kein anderer als ich in dieser Welt sagen und tun kann. Da er mich nun so bei der Kehle hat, tue ich da nicht besser, Reißaus zu nehmen und für mein Leben zu laufen? … Ja, beim Himmel, ich werde ihn in einen Tanz ziehen, daß er sich wundern soll! Ohne mich umzusehen, jage ich bis an die Ufer der Garonne, und höre ich ihn mir auf den Fersen klappern, so fliehe ich bis zum Vesuv, von da nach Joppe und von Joppe bis an der Welt Ende, und wenn er mir dann noch folgt, na, so bitte ich Gott, daß er ihn den Hals brechen lasse.» –

Meine lieben Freunde, wie Ihr aus meiner Adresse dieses Briefes erseht, habe ich so ziemlich dem Wortlaut nach in Ausführung gebracht, was ein anderer lebensgieriger Siechling vor mehr als anderthalb hundert Jahren in seinem Abscheu vor dem Aufgebenmüssen des Mitatmens unter den Lebendigen zu tun sich

vornahm. Ich habe meine Schätze zusammengerafft und bin ge-
laufen, nachdem ich die Angst des Träumenden, der nicht vorwärts kann, im Wachen vollauf durchgekostet habe. Ich hatte
nimmer gewußt, daß mir das Leben so lieb sei, als bis ich kraft-
los, knielahm, matt bis in das Mark der Knochen um es ringen
mußte. Lebensgier! Das ist das Wort. Ich habe bis jetzt keine
Ahnung davon gehabt, wie lebensgierig der Mensch werden
kann, wenn ihm einmal das alte, dürre Gespenst so eisig aus dem
warmen Sommer des Lebens heraus in den Nacken blies. Nun
aber habe ich das volle Empfinden; und ich schäme mich nicht,
jedem, der ein Interesse daran nehmen mag, davon zu reden. Ist
es doch, als gehöre auch die Geschwätzigkeit ganz und gar zu
diesem närrischen, ruhelos-müden Seelen- und Körperzustande.

Am Fuße des Vesuvs stellte mir das widerwärtige Gerippe noch
einmal das Bein, und die Ärzte sagten: ‹Südwärts! Vor dem na-
henden Winter immer noch ein wenig weiter südwärts, Signore.›
Und meine Frau sagte dasselbe, liebe, gute Freunde im nordischen Winter! Und es gehört zu den fraglichen vierzig Büchern,
die ich noch zu schreiben hätte, noch so manches andere, was ich
noch nicht aufgeben möchte unter Euch! Erst in Stimmungen
wie die meinige jetzt lernt der Mensch zu rechnen und seine
Verpflichtungen wie seine Behaglichkeiten zusammenzuzählen.

Von den einen darf ich, von den andern will ich noch nicht
lassen; und – das Kofferpacken hat mir ja meine Valerie vom
Anfang unserer jungen Ehe an abnehmen müssen. ‹Wir wollen
fürs erste an nichts weiter als an Deine Gesundheit denken, Veit›,
sagte sie, und sie hat leider kaum nötig, mir dieses noch besonders anzuempfehlen. Ich weiß und fühle es nur zu gut, wie zer-
trümmert meine Rüstung, wie unkräftig meine Hand und wie
machtlos, nutzlos jede Waffe geworden ist, auf die ich mich unter
allen Umständen, in jedem Kampfe im Leben glaubte verlassen
zu dürfen.

Ach Phöbe, Phöbe, welch ein Nebelheim-Schatten ist auf der
Vierlingswiese über Deinen muntern Gast aus dem sonnigen Erdenleben gefallen! Wie schwer hängt die Erde, die der Clown,
Euer Totengräber, unter der Felswand auf Eurem Dorfkirchhofe
aufgeworfen hat, an meinen Füßen!

Vor Jahren saß ich schon einmal an diesem Fenster im Hotel Trinakria, mit dem Blick auf das Tyrrhenische Meer, und zwischen jenen jungen, jubelvollen Tagen und der heutigen melancholischen Stunde liegt nur – ein Schritt vom Wege.

Unter diesem Fenster wogt heute wie damals, bei beginnender Dämmerung, das Leben des Kai Marina: Licht, Luft und Volk sind dieselben geblieben; aber wer – was ist heute Veit Bielow? Ist dies meine Hand, die hier die Feder führt? Was und wer ist dieses kränkliche, verdrießliche, ängstliche, weinerliche Etwas, das vor dem aus Euerm Norden über die See herandringenden Abenddunst die Decken fröstelnd dichter um sich zusammenzieht?

Ja, Veit Bielow heißt der Mann oder vielmehr das, was noch von jenem Mann, Veit Bielow genannt, übrig ist! Ja, Prudens und Phöbe Hahnemeyer, so hat ein Schritt vom Wege vor Euerm Dorfe Euern Freund und Gastfreund im inhaltvollsten Jahre seines Lebens an diesen unheimlichen Wendepunkt geführt. Gedenkt seiner mit mitleidigem, verzeihendem Herzen! Du vorzüglich, meine liebe, stille, im Frieden sichere Retterin, Phöbe!

Nun hat wohl schon der Winter an Euere Tür geklopft, der erste Schnee ist vielleicht schon bei Euch gefallen, die Berge sehen weiß herein, und der Sturm braust durch die Täler und klappert mit meines armen, gleichfalls fröstelnden Freundes Prudens Stubenfenstern. Ja, den armen Tom friert auch in dieser lauen, südlichen Abendluft – ich lächle nicht mehr über dich, Freund Hahnemeyer; ich habe keinen Grund mehr, mich ob meiner Kraft zu überheben. Ach, Prudens, was für arme, schwache Erdengäste sind wir beide zwischen dem Räkel in seiner Nacktheit auf der einen Seite und Deiner und – meiner Schwester in ihrem unnahbaren Burg- und Gottesfrieden auf der andern! Unter meinen sonstigen guten Bekannten weiß ich niemand, dem ich über diese kläglichen, kuriosen Stimmungen so schreiben könnte, wie jetzt Dir, mein alter, mönchischer Leidensgenoß hinter Deinen Mauern, den wankenden, abbröckelnden Mauern auch Deiner Lebensfeste. Ich bin zu einem Grübler geworden wie andere brave Leute, habe meine eigene Seele auf den Seziertisch genommen und denke nur an mich, Freund Prudens, wenn ich frage: Wird das noch einmal für uns anders werden? O ja, was für ein Egoismus in dem Menschen steckt, erfährt er erst genau nach solch einem Schritt vom Wege und so mit dem Zerlegemesser in der Hand am Werke an seinem eigensten Selbst.

Werden kommende Jahre den armen Veit wieder auf die muntern Füße stellen, auf denen er einst, vor hundert Jahren – vor so wenig Wochen über die Vierlingswiese schritt? Wird er sich noch einmal von Palermo, von ‹Joppe› nach einem Schneesturm, wie er um diese Jahreszeit um solch ein nordisches Gebirgshaus gleich dem Eurigen bereits lärmen mag, nicht bloß matt sehnen dürfen?

Was kümmert einen, der leben – leben – leben will, das, was die andern wollen? Was geht mich Dein Gedanken- und Vorstellungskreis an, mein armer, entsagender und in seiner Enthaltsamkeit auch verunglückter Freund, Prudens Hahnemeyer? Die Stadt Palermo rauscht um mich her, das gesunde, weite, freie Meer dehnt sich vor meinen Blicken; mein gesundes, schönes, junges Weib läßt im Nebensalon die Finger über das Piano gleiten: wie könnte ich mit Gleichmut, mit Achselzucken mich an den furchtbaren Handel in der Todeshütte auf der Vierlingswiese, an meinen Grundbesitz unter der Felswand neben dem Hügel der Feh erinnern?! Der Mann aus der Amsterdamer Straße und der Avenue Matignon zu Paris soll sich nicht grimmiger um sein Leben gewehrt haben, wie sich der arme Veit Bielow darum wehren wird hier in Palermo. Dieu me pardonnera, c'est son métier! –

Meine Frau! Mein gesundes, junges, lachendes Weib! Habe ich mich nicht ihrethalb um mein weinerliches Dasein zu wehren? Sie alle haben verständigerweise ihr Bestes getan, ihr die Sache im vernünftigen Lichte zu zeigen. Vater, Brüder, Verwandte und gute Freunde beiderlei Geschlechts haben ihr ihre Torheit eindringlichst auseinander gesetzt; aber sie ist doch gekommen und hat meine Hand mit der ihrigen fest ergriffen und hat gesagt: ‹Du wußtest es doch noch nicht ganz genau, wie sehr du mein Eigentum warst. Du hast mir viele Schmerzen bereitet und zu mancherlei bösen Gedanken verholfen; aber es hilft nichts, ich will mein Recht an dich nicht aufgeben. Du gehörst *mir* und keinem andern! Ich lasse dich keinem andern auf dieser Erde, und der Erde selbst fürs erste auch nicht. Ich nehme dich für Gut und Böse, für Gesundheit und Krankheit, für Leben und Tod. Ich nehme dich auch gleich mit mir. Die Formalitäten machen wir so rasch als möglich ab; in vier Wochen können wir zusammen allein sein und auf dem Wege in ein neues Leben. Dir wie mir hilft nur eine andere Sonne über dem Kopfe und ein anderer Boden unter den Füßen, und der Onkel Geheimrat ist ganz meiner Meinung und stellt uns auch seine Villa bei Florenz als ersten Ruheplatz für unsere lahmen Fittiche gern zur Verfügung.

Komm mit mir, Veit; der trübe deutsche Himmel taugt augenblicklich weniger denn je für uns zwei – für einen von uns beiden.›

So sind wir geflohen vor dem germanischen Daseinsgrau, nach Florenz, nach Rom, nach Neapel und so jetzt nach Sizilien. Persephoneia gedenke der eigenen Not im Tal Enna und sei uns gnädig in unseren Nöten!

Wie vieles hätten wir Euch noch zu sagen; aber der Abend kommt rasch hier im hellen Süden. Schon schleicht die Dämmerung über das Mittelländische Meer, und in einer halben Stunde wird es Nacht sein. So gelange ich denn jetzt zu dem verspäteten Gast- und Dankgeschenk, das mit diesem Briefe seinen Weg zu Euch – zu meiner lieben, unvergeßlichen Freundin und Retterin Phöbe sucht. Und es ist wieder Valerie, die gesucht, gefunden und hoffentlich das Rechte gefunden hat, der Teuren, Lieben, Guten eine Freude in ihrem Sinne, nach ihrem Herzen zu bereiten. Nicht ich, sondern meine Frau war bei der Aufdeckung der Gräberstätte gegenwärtig und hat das ernste Gerät mit seinem rührenden, altchristlichen Symbolum, Taube, Fisch und Kreuz, von der Steinplatte gehoben, auf welche vor sechzehnhundert Jahren eine bebende, wohl sehr jugendliche Hand, wenn nicht gar eine Kinderhand, es niedergesetzt hatte.

‹Flaviolus Phoebes Domitillae implorat pacem aeternam› stand auf dem Stein eingegraben. Ich übersetze das heute: ‹Der Freund – der Bruder, der Anverlobte der Phöbe erfleht den ewigen Frieden›, und Valerie hat gesagt: ‹Das wäre nun etwas für dich und unsere Schwester im Norden! Und auch dein ernster Jugendgenosse in seinem deutschen Pastorenhause würde sicherlich einiges Interesse daran nehmen, zumal da du diesmal in jeder Beziehung für die Echtheit der Sache bürgen kannst.›

Ja, es ist Valerie und mir ein friedlich schöner Gedanke, diese kleine Bronzelampe mit Taube und Kreuz unter Eurem Dache, auf dem Arbeitstischchen unserer lieben Schwester Phöbe zu wissen. Die Besitzergreifung war nicht ohne einige Schwierigkeiten zu bewerkstelligen; aber Valeriens Verbindungen in hiesigen und vaterländischen diplomatisch-gesellschaftlichen Kreisen haben uns recht geholfen. Ich muß meiner Frau die Ehre lassen, sie hat eine Energie bei den Verhandlungen entwickelt, die nicht lebendiger sein konnte und mir in meinem Krankensessel ungemein wohlgetan hat, zumal da sie sonst immer ernst, fast finster sich abwendet, wenn die leiseste Andeutung in unserer Unterhaltung meinen sommerlichen, seltsamen Abstecher zu Euerm Hause und dem Kirchhofe Eures Dorfes streift. So bin ich ihr von Herzen um so dankbarer für den lieben Eifer, den sie hierin bewiesen hat. Phöbe hätte sehen müssen, mit welchem Lächeln sie, nach einer letzten weiblich-diplomatischen Verhandlung mit ihren Freunden bei den zuständigen italienischen Behörden, kam, mir das kleine Kunstwerk in die Hände legte und rief:

‹Ich habe sie! Schicke sie der Freundin und schreibe ihr, auch Valerie Bielow wisse für sich kein besseres Angedenken an den unruhigen Sommer dieses Jahres und seine Gäste zu senden, Valerie küsse die gute Phöbe und bitte auch um Verzeihung für ihren wilden Einbruch in ihr ruhevolles Dasein!›

Man stellt mir eben eine andere Lampe auf den Tisch mit dem landesüblichen Gruß: Felicissima notte! Ich habe in die Dämmerung hinein geschrieben, ohne es zu merken, daß es beinahe ganz Nacht geworden ist. Das große Meer ist kaum noch zu sehen, und zu hören ist es auch nicht mehr vor dem wachsenden Lärm der Gasse. Valerie schließt mir sorglich die Fenster, und sie und mein armer betäubter Kopf raten beide dringend zum Beendigen dieses kränklich-verworrenen Briefes. Wie viel von Euerm Sommergast ist zurückgeblieben in der Hütte des Räkels auf der Vierlingswiese! Was von dem frühern Veit Bielow ist mit begraben worden unter dem Hügel der Feh auf dem Kirchhofe Deines Dorfes, Prudens Hahnemeyer! Ich lache nicht mehr über Deine Nerven, alter Freund. Suche sanft mit unserer Schwester umzugehen, Prudens: die Starken lachen auch selten auf dieser Erde, aber sie zeigen es auch nicht durch Tränen, wenn wir andern ihnen weh getan haben.

Veit von Bielow.»

Als Phöbe an diesem Abend von ihren milden Werken und beschwerlichen Wegen im Dorfe nach Hause zurückgekehrt war, ist ihr Bruder doch nicht viel anders als sonst mit ihr umgegangen. Mit dem gewohnten Ton und einer kurzen deutenden Handbewegung hat er gesagt:

«Da ist in deiner Abwesenheit noch ein Brief angekommen, der dir mit – und ein Geschenk, das dir allein gilt. Siehe nun zu, was du aus des Mannes Schreiben und aus seiner Gabe verstehen und für dich entnehmen kannst. Ich sehe nur, daß ihn ein starker Arm hält und schüttelt und daß er sich nach der Art von seinesgleichen zwischen Frivolität und Hypochondrie, zwischen Eitelkeit und Weinerlichkeit wehrt. Wir können ihm nicht helfen, Phöbe! Er ist in den Tagen seiner Schwäche ebenso fern von uns, wie neulich, da er in der Erde Sommerlust, im vollen Gefühl seiner Kraft und in der Sicherheit seiner Wissenschaft und Künste zu uns eintrat. Er ist ein Tor und schreibt töricht und schwächlich; aber ich meine doch, daß du seine Gabe nehmen darfst. In welchem Sinne, darüber sprechen wir wohl noch in Nächten, die ruhiger sind als die jetzige. Es redet jetzt ein anderer zu laut durch seinen Sturm. Dieser Wind ist entsetzlich und betäubt mir vollständig die Sinne. Nimm den Brief und das Geschenk deines Freundes mit dir, Kind; ich kann dir vielleicht morgen genauer sagen, wie ich über beides denke und was für eine Antwort darauf nötig sein wird.»

Phöbe hat den Brief Veit von Bielows und die Grablampe der Phoebe Domitilla in ihr Stübchen getragen. Sie hat aus dem Schreiben ihres unruhigen Sommergastes begriffen, daß eine Antwort darauf nicht möglich sein wird. Es ist weit nach Mitternacht. Das kleine, ernste Gerät, das über ein Jahrtausend in der Stille und Dunkelheit ruhte, wird nun vom winterlichen Sturm des deutschen Gebirges umbraust; es steht unverwundert auf der Stelle, die ihm die Gastfreunde im fernen Süden auf dem Tische der Idiotenlehrerin aus Halah anwiesen.

Phöbe schreitet nicht unruhvoll, wie ihr Bruder, auf und ab in der wilden Nacht. Sie sitzt still in dem engen Lichtkreis, nicht der römischen Grablampe, sondern ihrer Arbeitslampe. Und trotzdem, daß man es ihren Augen ansieht, daß sie geweint hat, weil Valerie von Bielow immer noch nicht ihr verzeihen kann, ist sie im Frieden und fürchtet sich nicht vor dem Lärmen des Windes und nicht vor ihrem ewigen Anrecht an die alte Erde, draußen unter der Felswand neben dem Hügel der Feh, wo augenblicklich, wie man im Dorfe sagen würde, auch der stärkste Mann sich nicht auf den Füßen halten kann. Sie ist die einzige Gewappnete unter alle den Rüstungslosen, die einzige Ruhige unter alle den Aufgeregten, die einzige Gesunde unter alle den Kranken. Ohne ihr Zutun hat sie die Gabe – die Gnade, von der Spörenwagen, der Kommunist, auf dem Wege nach Hause redete.

Wo aber ist nun Phöbe in diesem Augenblick mit ihren Gedanken? Nicht bei den Freunden aus dem Säkulum im fernen Palermo, nicht bei dem Bruder, dem Pfarrer Prudens Hahnemeyer – bei all diesen unruhigen Gästen des Erdenlebens.

Bei ihren Kindern in Schmerzhausen ist sie in ihren Gedanken, und eben lächelt sie und spricht leise:

«Daß mir keines den Reigen stört; sonst muß ich böse werden!»

ZUR TEXTGESTALT DIESER AUSGABE

Der hier unverändert abgedruckte Text folgt der Fassung in Wilhelm Raabe: *Sämtliche Werke*, hrsg. von Karl Hoppe, Bd. 16, bearbeitet von Hans Oppermann, Göttingen 1970 (sogenannte Braunschweiger Ausgabe).

Einige Motive des Werkes gehen offenbar auf Erlebnisse Raabes während einer Harzwanderung im Sommer 1860 zurück. Mit dem Entwurf zum Roman *Unruhige Gäste* begann Raabe allerdings erst sehr viel später, am 21. Mai 1884, abgeschlossen wurde dieses Konzept am 13. Juni 1884. Die anschließende Niederschrift des Werkes erfolgte zügig; die Beendigung vermerkt der Autor am 22. Dezember 1884.

Die Erstveröffentlichung erfolgte 1885 in der Zeitschrift *Die Gartenlaube;* allerdings setzte deren Verleger eine Reihe von Änderungen durch, darunter einen Verzicht auf Fremdwörter und die Übersetzung fremdsprachiger Zitate. Eine längere Debatte zwischen Verlag und Autor entzündete sich vor allem am Schlußkapitel, für das der Verleger sich eine versöhnlichere und harmonisch-verträgliche Lösung wünschte. Hier blieb Raabe jedoch – abgesehen von einigen kleineren Konzessionen, beispielsweise einem Verzicht auf ein ironisches Heine-Zitat – seiner ursprünglichen Version treu. Die erste Buchausgabe besorgte deshalb ein anderer Verlag, die Grotesche Verlagsbuchhandlung in Berlin (1886). Viele der für die *Gartenlaube* vorgenommenen Korrekturen und Änderungen hat Raabe für die Buchausgabe allerdings beibehalten, darüber hinaus aber noch weitere Eingriffe vorgenommen.

Die Textfassung im Bd. 16 der Braunschweiger Ausgabe stützt sich auf die von Raabe selbst korrigierte Handschrift und berücksichtigt darüber hinaus Änderungen, die der Autor für die *Gartenlaube* und für die erste Buchausgabe vorgenommen hat. Dieser Bd. 16 enthält detailliertere Angaben zur Textgeschichte sowie einen umfangreichen Nachweis von Lesarten.

ERLÄUTERUNGEN

Der gesamte Roman ist durchsetzt mit Zitaten und Anspielungen – auf die Bibel ebenso wie auf zahlreiche literarische Werke, darunter die Dramen Shakespeares. An dieser Stelle können nur einige wenige Hinweise gegeben werden; ein umfangreicherer Nachweis findet sich in den Anmerkungen zum Band 16 der von Karl Hoppe herausgegebenen *Sämtlichen Werke*. Speziell von den biblischen Anspielungen handelt Gertrud Höhler: *Unruhige Gäste. Das Bibelzitat in Wilhelm Raabes Roman,* Bonn 1969.

ZEITTAFEL

1831   Wilhelm Raabe wird am 8. September in Eschershausen bei Holzminden als ältester Sohn eines Juristen geboren. Die Kindheit verlebt er im Weserbergland. Wilhelm besucht das Gymnasium, umzugshalber aber mit Unterbrechungen.

1845   Tod des Vaters; die Mutter zieht mit den drei Kindern nach Wolfenbüttel. Wilhelm besucht das dortige Gymnasium.

1849   Vorzeitiger Abbruch des Schulbesuchs; Buchhandelslehre in Magdeburg, die er 1853 ebenfalls abbricht.

1854   Übersiedlung nach Berlin und Universitätsstudium als Gasthörer (Geschichte, Kunstgeschichte, Literatur, Philosophie)

1856   *Die Chronik der Sperlingsgasse* (zunächst unter dem Pseudonym Jacob Corvinus); Rückkehr nach Wolfenbüttel und Beginn der Tätigkeit als Berufsschriftsteller. Viele Werke erscheinen zunächst als Fortsetzungsromane in Zeitschriften.

1859   Reise durch Süddeutschland und Österreich

1860   Eintritt in den Deutschen Nationalverein

1862   Heirat mit der Wolfenbütteler Anwaltstochter Bertha Leiste und Übersiedlung nach Stuttgart

1866   Mitbegründer der nationalliberalen Deutschen Partei

1870   Übersiedlung mit der Familie nach Braunschweig

1885   *Unruhige Gäste*

1899   *Hastenbeck*, Raabes letzte abgeschlossene literarische Arbeit; Beendigung der schriftstellerischen Tätigkeit

1901   Ehrendoktorwürde der Universitäten Göttingen und Tübingen und weitere Ehrungen

1909   Besuch Hermann Hesses bei Raabe (25. Oktober)

1910   Wilhelm Raabe stirbt am 15. November in Braunschweig.

1911   Posthum erscheint das Romanfragment *Altershausen*.